周作人讲中国新文学的源流

周作人 著

百花洲文艺出版社
BAIHUAZHOU LITERATURE AND ART PRESS

图书在版编目（CIP）数据

周作人讲中国新文学的源流 / 周作人著 . -- 南昌：百花洲文艺出版社，2021.1

ISBN 978-7-5500-3856-1

Ⅰ．①周… Ⅱ．①周… Ⅲ．①中国文学—文学研究 Ⅳ．① I206

中国版本图书馆 CIP 数据核字（2020）第 197610 号

周作人讲中国新文学的源流

周作人　著

出 版 人	章华荣	
责任编辑	胡青松	
特约编辑	何　薇　叶青竹	
书籍设计	刘昌凤	
出版发行	百花洲文艺出版社	
社　　址	南昌市红谷滩世贸路 898 号博能中心一期 A 座 20 楼	
邮　　编	330038	
经　　销	全国新华书店	
印　　刷	三河市双峰印刷装订有限公司	
开　　本	880mm×1230mm　1/32　　印张　　5.25	
版　　次	2021 年 1 月第 1 版第 1 次印刷	
字　　数	97 千字	
书　　号	ISBN 978-7-5500-3856-1	
定　　价	59.80 元	

赣版权登字　05-2020-174

邮购联系　0791-86895108

网　　址　http://www.bhzwy.com

图书若有印装错误，影响阅读，可向承印厂联系调换。

《大师讲堂》系列丛书
▶ 总序

/ 吴伯雄

　　梁启超说："学术思想之在一国，犹人之有精神也。"的确，学术的盛衰，关乎一个民族的精神气象与文化氛围。民国是一个动荡不安的时代，内忧外患，较之晚清，更为剧烈，中华民族几乎已经濒临亡国灭种的边缘。而就是在这样日月无光的民国时代，却涌现出了一批批大师，他们不但具有坚实的旧学基础，也具备超前的新学眼光。加之前代学术的遗产，西方思想的启发，古义今情，交相辉映，西学中学，融合创新。因此，民国是一个大师辈出的时代，梁启超、康有为、严复、王国维、鲁迅、胡适、冯友兰、余嘉锡、陈垣、钱穆、刘师培、马一浮、熊十力、顾颉刚、赵元任、汤用彤、刘文典、罗根泽……单是这一串串的人名，就足以使后来的学人心折骨惊，高山仰止。而他们在史学、哲学、文学、考古学、民俗学、教育学等各个领域所取得的成就，更是创造出了一个异彩纷呈的学术局面。

　　岁月如轮，大师已矣，我们已无法起大师于九原之下，领教大师们的学术文章。但是，"世无其人，归而求之吾书"（程子语）。

大师虽已远去，他们留下的皇皇巨著，却可以供后人时时研读。时时从中悬想其风采，吸取其力量，不断自勉，不断奋进。诚如古人所说："圣贤备黄卷中，舍此安求？"有鉴于此，我们从卷帙浩繁的民国大师著作当中，精心编选出版了这一套《大师讲堂》系列丛书，分辑印行，以飨读者。原书初版多为繁体字竖排，重新排版字体转换过程当中，难免会有鲁鱼亥豕之讹，还望读者不吝赐正。

吴伯雄，福建莆田人，1981年出生。2003年考入福建师范大学古代文学研究系，师从陈节教授。2006年获硕士学位。同年9月考入复旦大学中文系古代文学专业，师从王水照先生。2009年7月获博士学位。同年9月进入福建师范大学文学院古代文学教研室工作。推崇"博学而无所成名"。出版《论语择善》（九州出版社）、《四库全书总目选》（凤凰出版社）。

目录

中国新文学的源流

外一篇　儿童文学小论

中国新文学的源流

中国古文字图说

小引

本年三四月间沈兼士先生来叫我到辅仁大学去讲演。说话本来非我所长，况且又是学术讲演的性质，更使我觉得为难，但是沈先生是我十多年的老朋友，实在也不好推辞，所以硬起头皮去讲了几次，所讲的题目从头就没有定好，仿佛只是什么关于新文学的什么之类，既未编讲义，也没有写出纲领来，只信口开河地说下去就完了。到了讲完之后，邓恭三先生却拿了一本笔记的草稿来叫我校阅，这颇出于我的意料之外，再看所记录的不但绝少错误，而且反把我所乱说的话整理得略有次序，这尤其使我佩服。同时北平有一家书店愿意印行这本小册，和邓先生接洽，我便赞成他们的意思，心想一不做二不休，索性印了出来也好。就劝邓先生这样办了。

我想印了出来也好的理由是很简单的。大约就是这几点。其一，邓先生既然记录了下来，又记得很好，这个工作埋没了也可惜。其二，恰巧有书店愿印，也是个机缘。其三，我自己说过就忘了，借此可以留个底稿。其四，有了印本，我可以分给朋友们看看。这些都有点儿近于自私自利，如其要说得冠冕一点，似乎应该再加上一句：公之于世，就正大雅。不过我觉得不敢这样说，我本不是研究中国文学史的，这只是临时随便说的闲话，意见的谬误不必说了，就是叙述上不完不备草率笼统的地方也到处皆是，当作谈天的资料对朋友们谈谈也还不妨，若是算它是学术论文那样去办，那实是不敢当的。万一有学者看重我，定要那样地鞭策我，我自然也硬着头皮忍受，不敢求饶，但总之我想印了出来也好的理由是如上述的那么简单，所可说的只有这四点罢了。

末了，我想顺便声明，这讲演里的主意大抵是我杜撰的。我说杜撰，并不是说新发明，想注册专利，我只是说无所根据而已。我的意见并非依据西洋某人的论文，或是遵照东洋某人的书本，演绎应用来的。那么是周公孔圣人梦中传授的吗？也未必然。公安派的文学历史观念确是我所佩服的，不过我的杜撰意见在未读三袁文集的时候已经有了，而且根本上也不尽同，因为我所说的是文学上的主义或态度，他们所说的多是文体的问题。这样说来似乎事情非常神秘，仿佛在我的杜园瓜菜内竟出了什么嘉禾瑞草，有了不得的样子；我想这当然是不会有的。假如要追寻下去，这到底是那里的来源，那么我只得实说出来：这是从说书来的。他们说三国什么时候，必定首先喝道：且说天下大势，合久必分，分久必合。我觉得这是一句很精的格言。我从这上边建设起我的议论来，说没有根基也是没有根基，若说是有，那也就很有根基的了。

　　　　　　一九三三年七月二十六日，周作人记于北平西北城。

第一讲 关于文学之诸问题

文学是什么

文学的范围

研究的对象

研究文学的预备知识

文学的起源

文学的用处

现在所定的讲题是"中国的新文学运动",是想在这题目之下,对于中国新文学运动的源流,经过,和它的意义,据自己所知道所见到的,加以说明。但为了说明的方便,对于和这题目有关的别的问题,还须先行说明一下:

一，文学是什么？

关于文学是什么的问题，至今还没有一定的解答。这本是一个属于文学概论范围内的题目，应当向研究文学的专门家去问，无奈专门家至今也并没有定论。试翻开文学概论一类的书籍看，彼此所下的定义各不相同。本来这也是一件很困难的事。有一位英国人曾作过一篇文章，里面大体的意思是说：在各种学问里面，有些是可以找出一定的是非来的，有些则不能。譬如化学上原子的数目，绝不能同时有两个，有两个则必有一对一错。假如有人发现了一种新原子，别人也断不能加以否认。生物学上的进化论也是如此，既然进化论是对的，一切和进化论相反的学说便都是错的。另外如哲学宗教等等，则找不出这样绝对的是与非来。自古代的希腊到现在，自亚力士多德的哲学，以至詹姆斯和杜威的实验哲学，派别很多很多，其中谁是谁非，是没有法子断定的，到了宗教问题尤甚。这是一种所谓不可知论。我觉得文学这东西也应是这种不可知的学问之一种，因而下定义便很难。现在，我想将我自己的意见说出来，聊供大家的参考。因为对于文学的理论，自己不曾作过专门的研究，其中定不免有许多可笑的地方。大家可向各种文学概论书籍里面去找，如能找到更好的说法那便最好了。

在我的意见——其实也是很笼统的——以为：

"文学是用美妙的形式，将作者独特的思想和感情传达出来，使看的人能因而得到愉快的一种东西。"

这样说，自然毛病也很多，第一句失之于太笼统；第二句是人云亦云，大概没有什么毛病；第三句里面的"愉快"二字，则必会有人以为最不妥当。不过，在我的意思中，这"愉快"的范围是很广的：当我们读过一篇描写"光明"描写"快乐"的文字之后，自然能得到"愉快"的感觉；读过描写"黑暗"描写"凄惨"的作品后，所生的感情也同样可以解作"愉快"——这"愉快"是有些爽快的意思在内。正如我们身上生了疮，用刀割过之后，疼是免不了的，然而却觉得痛快。这意思金圣叹也曾说过，他说生了疮时，关了门自己用热水烫洗一下，"不亦快哉"。这也便是我的所谓"愉快"。当然这"愉快"不是指哈哈一笑而言。

实际说来，愉快和痛苦之间，相去是并不很远的。在我们的皮肤作痒的时候，我们用手去搔那痒处，这时候是觉得愉快的，但用力稍过，便常将皮肤抓破，便又不免觉得痛苦了。在文学方面，情形也正相同。

一位法国诗人，他所作的诗都很难懂，按他的意见，读诗是和儿童猜谜差不多，当初不能全懂，只能了解十分之三四，再由这十分之三四加以推广补充，得到仿佛创作的愉快。以后了解的愈多，所得的愉快也愈多。正如对儿童打一谜语说"蹲跼实蹲跼，坐着还比立着高"，在儿童们乍听时当然不懂，然而好奇心使得他们高兴，等后来再告诉他们说这是一个活的东西，如此便可以悟得出是一只狗，也便因而感到更多的愉快了。

二，文学的范围

近来大家都有一种共通的毛病，就是：无论在学校里所研究的，或是个人所阅读的，或是在文学史上所注意到的，大半都是偏于极狭义的文学方面，即所谓纯文学。在我觉得文学的全部好像是一座山的样子，可以将它画作山似的一种图式：

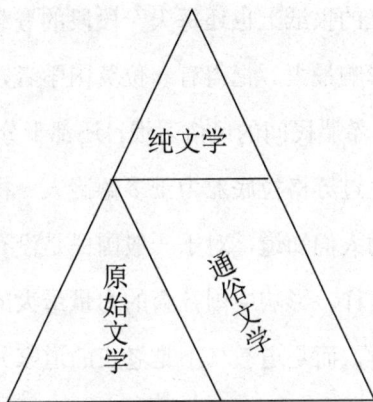

纯文学

原始文学　通俗文学

我们现在所偏重的纯粹文学，只是在这山顶上的一小部分。实则文学和政治经济一样，是整个文化的一部分，是一层层累积起来的。我们必须拿它当作文化的一种去研究，必须注意到它的全体，只是山顶上的一部分是不够用的。

图里边的原始文学是指由民间自己创作出来，供他们自己歌咏欣赏的一部分而言，如山歌民谣之类全是。这种东西所用的都是文学上最低级的形式，然而却是后来诗歌的本源。现在，一般研究中国文学或编著中国文学史的，多半是从《诗经》开始，但民间的歌谣是远在《诗经》之前便已产生了，抛开了这一部分而不加注意，则对于文学的来源便将无法说明。

通俗文学是比较原始文学进步一点的。它是受了纯文学的影响，由低级的文人写出来，里边羼杂了很多官僚和士大夫的升官发财的思想进去的，《三国演义》《水浒》《七侠五义》，以及大鼓书曲本之类都是。现在的报纸上也还每天一段段的登载这种东西。它所给予中国社会的影响最大。记得有一位英国学者，曾到希腊去过，回来后他向人说，希腊民间的风俗习惯，还都十分鄙陋，据他看来，在希腊是和不曾生过苏格拉底亚力士多德诸人一样。他们的哲学只有一般研究学问的人们知道，对于一般国民是没有任何影响的。在中国，情形也是这样。影响中国社会的力量最大的，不是孔子和老子，不是纯粹文学，而是道教（不是老庄的道家）和通俗文学。因此研究中国文学，更不能置通俗文学于不顾。

所以，照我的意见，今后大家研究文学，应将文学的范围扩大，不要仅仅注意到最高级的一部分，而要注意到它的全体。

三，研究的对象

研究文学有两条道路可走：

（1）科学的：

（a）文学

（b）文学史

（2）艺术的

　　（a）创作

　　（b）赏鉴

　　第一种是科学的研究法，是应用心理学或历史等对文学加以剖析的。譬如对于文学的结构，要研究究竟怎么样排列才可使人更受感动，这便是应用心理学的研究法。日本帝国大学教授夏目漱石的《文学论》，现已有人译出了，这本书即是用这样的方法去研究文学的。至于文学史则是以时代的先后为序而研究文学的演变或研究某作家及其作品的。不过，我以为文学史的研究在现今那样办法，即是孤立的，隔离的研究，多少有些不合适：既然文学史所研究的为各时代的文学情况，那便和社会进化史，政治经济思想史等同为文化史的一部分，因而这课程便应以治历史的态度去研究。至于某作家的历史的研究，那便是研究某作家的传记，更是历史方面的事情了。这样地治文学的，实在是一个历史家或社会学家，总之是一个科学家是无疑的了。

　　第二条路子是艺术的，即由我们自己拿文学当作一件艺术品而去创作它或作为一件艺术品而对它加以赏鉴。

　　要创作，天才是必要的条件。我们爱好文学，高兴时也可以自己去写一点，无论是诗歌，散文，或是小说。但如觉得自己没有能写得好的才能，即可抛开，这不是可以勉强的事。在学校上课，别的知识技能都可从课堂上学得，惟有创作的才能学不来。按道理讲，在艺术学校里边应该添设文学一科，将如何去创作文学的事正式地加以研究指导。但这实在困难。学作画学过四年之后，提笔便可以作出一幅画子，学文学的创作却不能有如此的成绩。有很多的大作家，都不是因为学习创作而成功的。而且，说也奇怪，好像医学和工学对文学更有特别的帮助一样，很多文学家起始都是学医或学工程的。契诃夫（Anton P. Chekhov）是学医的，汤姆斯哈代（Thomas Hardy）是学工的，中国的郭沫若是学医的，成仿吾是学工的。此外，这样的例子还很多。大家也最好不要以创作为专门的事业，应该于创作之外，另有技能，另有职业，这样对文学将更有好处。在很早以前，章太炎先生便作这样的主张，他总是劝人不要依赖学问吃饭，那时是为了反对满清，假如专依学问为生，则只有为满清做官，而那样则必失去研究学问的自由。到现在我觉得这种主张还可适用。单依文学为谋生之具，这样的人如加多起来，势必造成文学的堕落。因为，现在的文学作品，也和工艺出品一样，已经不复是家庭手工业时代，作出东西之后，挂在门口出卖是不成了，必得由资本家的印刷所去印行才可。在这种情形之下，如专依卖文糊口，则一想创作，先须想到这作品的销路，想到出版者欢迎与否，社会上欢迎与否，更须有官厅方面的禁止与否，和其他种种的顾虑，如是便一定会生出文学上的不振作的现象来。一位日本的普罗文学者的领袖，他作过一本《日本普罗文学运动史》，在里边他也说出了同样的意见。因为日本的普罗作家，大半都须出卖稿子于资产阶级的出版家以维持生活，如是，他把最用心的作品，卖给那利用普罗文学以渔利的资本主义的杂志社，书店，更没有力量为自己的杂志上作出好的文章来。其结果，使一个普罗作家的精力消耗不少，而好的普罗文学却终于产生不出来。如果另有专业而不这样的专赖文学为生，则作品的出卖与否没有关系，在创作的时候，自然也就可以免去许多顾虑了。

赏鉴文学，是人人都可以作得到的，并无需乎天才。看见一幅图画，假如那图画画得很好，各种颜色配合适度，即在不会作画的人看来，是也会觉得悦目的。对于文学作品亦复如此。无论作什么事情的人，都同样有欣赏文学的能力。现在研究学问的人，似乎将各种学问分隔得太远了，学文学的每易对科学疏淡，而学科学的则又以为文学书籍只有文科的人才应读。其实是不然的。于此，我要说一说我是怎样和文学发生了关系的，这是我自己走过的道路，说起来觉得切实一点，对大家也许还有些用处。正如走路，要向人说明到某处怎样走法，单是说明路程的方向是不够的，必须亲自走过，知道那路上的各种具体的标识，然后说出来于人才有些帮助。

我本是学海军的，对文学本很少接近的机会，后来，因为热心于民族革命的问题而去听章太炎先生讲学，那时候章先生正鼓吹排满，他讲学也是为此。后来又因留心民族革命文学，便得到和弱小民族的文学接近的机缘。各种作品，如芬兰，波兰，犹太，印度等国的，有些是描写国内的腐败的情形，有些是描写亡国的惨痛的，当时读起来很受到许多影响，因而也很高兴读。后来，不仅对这些弱小国家的发生兴趣，对于强大国家的作品，也很想看一看究竟是什么样子，于是，慢慢就将范围扩大开来了。

只要有机缘有兴趣，学海军的人，对于文学作品也能够阅读赏鉴，从事于别种职业的人，自然更没有不能够的。

四，研究文学的预备知识

所谓预备知识者，也可以说就是指高级中学内的各种功课而言，我时常听到一般青年朋友说，他是爱好文学的，科学对他没有用处，尤其是数学，格外使人讨厌，将来既是要研究文学，自然可以不必去学这些东西。这实是一种不好的现象，对于训练思想说，科学，连数学在内，是有很大的用处的。现在，要从高中的普通课程中，提出和文学的关系比较密切的几种，向大家一说：

1. 文字学——这是不消说的，研究文学的人，当然先须懂得文字。现在国文系里也都有这种科目，不再多说。

2. 生物学——有人曾问我人生究竟是怎么一回事，我回答说我也说不出，如必欲要我回答这问题，那么，最好你去研究生物学。生物学说明了生物的生活情形，人也是生物之一，人生的根本原则便可从这里去看出来了。文学，和生物学一样，是以人生为对象的东西，所以，这两者的关系特别密切，而研究文学的人，自然也就应当去研究一下生物学了。

3. 历史——历史所记载的是人类过去生活的经验，是现在人类生活的根据。比如文学史，是以前人生行为的表现，在文学上所能看得出的。其他讲政治经济之变迁的，也都有研究的必要，有如人的耳目口鼻，每部分都各有其作用。几年前，郭沫若就主张诗人必须懂得人类学——即社会学，亦即我所说的历史，不过我所说的历史的范围是比较广些。当时很有人以为郭先生的主张奇怪，何以诗人必须懂人类学呢？其实这是很容易知道的：人类学是研究人类形体精神两方面的学问，对于研究文学的人，帮助的确很多。

近来治文学的人，也有应用历史方法的了，然而有时又过于机械。近来在某杂志上见到一篇文章，说隋代的中国文学是商业时代的文学。其实，中国的社会，在隋以前和隋以后，并没有多少不同，前后都是手工业时代，没有变化，工业上既没有变化，怎会有了不同的商业时代呢？这是因为没有看清中国和西洋近代的不同，说来便与事实不相符合了。

五，文学的起源

要说明中国的新文学运动，先须有说明的根据，这便是关于文学起源的问题：

从印度和希腊诸国，都可找出文学起源的说明来，现在单就希腊戏剧的发生说一说，由此一端便可知道其他一切。

大家都知道，文学本是宗教的一部分，只因二者的性质不同，所以到后来又从宗教里分化了出来。宗教和政治组织相同，原为帮助人类去好好地生存的方法之一。如在中国古代的迎春仪式，其最初的目的就是要将春天迎接了来，以利五谷和牲畜的生长。当时是以为若没有这种仪式，则冬天怕将永住不去，而春天也怕永不再来了。在明末刘侗所著《帝京景物略》内，我们可找到对这种仪式很详细的说明，大体是在立春之前一日，扎些春牛芒神之类，去将春神迎接了来。在希腊也如是。时候也是在冬春之交，在迎春的一天，有人化装为春之神，另外有五十个扮演侍从的人。春之神代表善人，先被恶神所害，造成一段悲剧，后又复活过来，这是用以代表春去而又复来的意思。当时扮演春神的人都要身被羊皮，其用意大概在表示易于生长。英文中之 Tragedy（悲剧）原为希腊文中之Tragoidia，其意义即为羊歌，后来便以此字专作悲剧解释的。

在化装迎春的这一天，有很多很多的国民都去参加，其参加的用意，在最初并不是为看热闹，而是作为举行这仪式的一份子而去的。其后一般国民的文化程度渐高，知道无论迎春与否，春天总是每年都要来的。于是，仪式虽还照旧举行，而参加者的态度却有了变更，不再是去参加仪式，而是作为旁观者去看热闹了。这时候所演的戏剧不只一出，迎春成为最后一幕，主脚也逐渐加多，侍从者从此也变为后场了。更后来将末出取消，单剩前面的几出悲剧，从此，戏剧便从宗教仪式里脱化出来了。

文学和宗教两者的性质之不同，是在于其有无"目的"：宗教仪式都是有目的的，文学则没有。譬如在夏季将要下雨的时候，我们时常因天气的闷热而感到烦燥，常是禁不住地喊道："啊，快下雨吧！"这样是艺术的态度。道士们求雨则有种种仪式，如以击鼓表示打雷，挥黑旗表示刮风，洒水表示下雨等等。他们是想用这种种仪式以促使雨的下降为目的的。《诗序》上说：

"情动于中而形于言，言之不足，故嗟叹之；嗟叹之不足，故永歌之；永歌之不足，不知手之舞之，足之蹈之也。"我的意见，说来是无异于这几句话的。文学只有感情没有目的。若必谓为是有目的的，那么也单是以"说出"为目的。正如我们在冬时候谈天，常说道："今天真冷！"说这话的用意，当然并不是想向对方借钱去做衣服，而只是很单纯地说出自己的感觉罢了。

我们当作文学看的书籍，宗教家常要用作劝善的工具。我们读《关雎》一诗，只以为是一首新婚时的好诗罢了，在乡下的塾师却以为有天经地义似的道理在内。又如赞美歌在我们桌上是文学，信徒在教堂中念却是宗教了。这些，都是文学和宗教的差异之点，设使没有这种差异，当然也就不会分而为二了。

以后，我便想以此点作为根据，应用这种观点以说明中国新文学运动的情形和意义，它的前因和它的后果。

六，文学的用处

从前面我所说的许多话中，大家当可看得出来：文学是无用的东西。因为我们所说的文学，只是以达出作者的思想感情为满足的，此外再无目的之可言。里面，没有多大鼓动的力量，也没有教训，只能令人聊以快意。不过，即这使人聊以快意的一点，也可以算作一种用处的：它能使作者胸怀中的不平因写出而得以平息；读者虽得不到什么教训，却也不是没有益处。

关于读者所能得到的益处，可以这样地加以说明——但这也是希腊的亚力士多德很早就在他的《诗学》内主张过的，便是一种被除作用。

从前的人们都以《水浒》为诲盗的小说，在我们看来正相反，它不但不诲盗，且还能减少社会上很多的危险。每一个被侮辱和被损害者，都想复仇，但等他看过《水浒》之后，便感到痛快，仿佛气已出过，仿佛我们所气恨的人已被梁山泊的英雄打死，因而自己的气愤也就跟着消灭了。《红楼梦》对读者也能发生同等的作用。

一位现还在世的英国思想家，他以为文学是一种精神上的体操。当我们用功的时候，长时间不作筋肉的活动，则筋肉疲倦，必须再去作些运动，将多余的力量用掉，然后才觉得舒服。文学的作用也是如此。在未开化或半开化的社会里，人们的气愤容易发泄。在文明社会中，则处处设有警察维持秩序，要起诉则又常因法律证据不足而不能，但此种在社会上发泄不出的愤懑，终须有一地方去发泄，在前，各国每年都有一天特许骂人，凡平常所不敢骂的人，在那天也可向之大骂。骂过之后，则愤气自平。现在这种习俗已经没有，但文学的作用却与此相同。这样说则真正文学作品没有不于人有益的，在积极方面没有用处的，在消极方面却有用处。几年前有一位潘君在《幻洲》内曾骂过一般作文章的青年，他的意见是：青年应当将力量蕴蓄起来，等到做起事情来时再使之爆发，若先已藉文学将牢骚发泄出去，则心中已经没有气愤，以后如何作得事情。这种说法，在他虽是另有立场，而意见却不错。

有人以为文学还另有积极的用处，因为，若单如上面所说，只有消极的作用，则文学实为不必要的东西。我说：欲使文学有用也可以，但那样已是变相的文学了。椅子原是作为座位用的，墨盒原是为写字用的，然而，以前的议员们岂不是曾在打架时作为武器用过么？在打架的时候，椅子墨盒可以打人，然而打人却终非椅子和墨盒的真正用处。文学亦然。

文学，仿佛只有在社会上失败的弱者才需要，对于际遇好的，或没有不满足的人们，他们任何时任何事既都能随心所欲，文学自然没有必要。而在一般的弱者，在他们的心中感到苦闷，或遇到了人力无能为的生死问题时，则多半用文学把这时的感触发挥出去。凡在另有积极方法可施，还不至于没有办法或不可能时，如政治上的腐败等，当然可去实际地参加政治改革运动，而不必藉文学发牢骚了。

第二讲 中国文学的变迁

两种潮流的起伏

历代文学的变迁

明末的新文学运动

公安派及其文学主张

竟陵派之继起

公安竟陵两派的结合

上次讲到文学最先是混在宗教之内的，后来因为性质不同分化了出来。分出之后，在文学的领域内马上又有两种不同的潮流：

（甲）诗言志——言志派

（乙）文以载道——载道派

言志之外所以又生出载道派的原因，是因为文学刚从宗教脱出之后，原来的势力尚有一部分保存在文学之内，有些人以为单是言志未免太无聊，于是便主张以文学为工具，再藉这工具将另外的更重要的东西——"道"，表现出来。

这两种潮流的起伏，便造成了中国的文学史。我们以这样的观点去看中国的新文学运动，自然也比较容易看得清楚。

中国的文学，在过去所走的并不是一条直路，而是像一道弯曲的河流，从甲处流到乙处，又从乙处流到甲处。遇到一次抵抗，其方向即起一次转变。略如下图：

乙、两汉　乙¹、唐　乙²、两宋　乙³、明　乙⁴、清

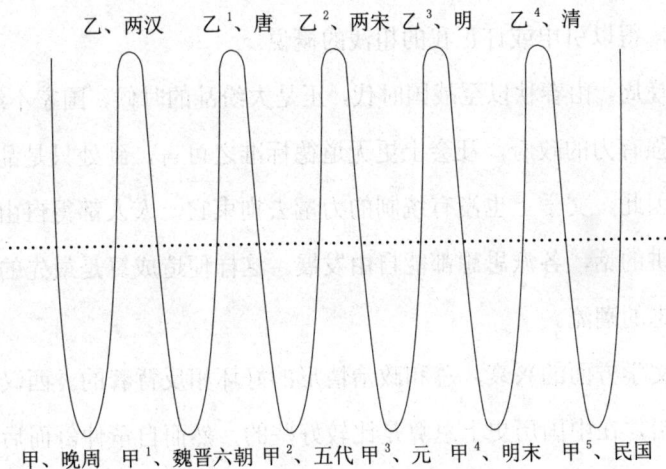

甲、晚周　甲¹、魏晋六朝　甲²、五代　甲³、元　甲⁴、明末　甲⁵、民国

图中的虚线是表示文学上的一直的方向的，但这只是可以空想得出来，而实际上并没有的。

民国以后的新文学运动，有人以为是一件破天荒的事情，胡适之先生在他所著的《白话文学史》中，就以为白话文学是中国文学

唯一的目的地，以前的文学也是朝着这个方向走，只因为障碍物太多，直到现在才得走入正轨，而从今以后一定就要这样走下去。这意见我是不大赞同的。照我看来，中国文学始终是两种互相反对的力量起伏着，过去如此，将来也总如此。

要说明这次的新文学运动，必须先看看以前的文学是什么样。现在我想从明末的新文学运动说起，看看那时候是什么情形，中间怎样经过了清代的反动，又怎样对这反动起了反动而产生了最近这次的文学革命运动。更前的在这里只能略一提及，希望大家自己去研究，得以引申或订正我的粗浅的概说。

晚周，由春秋以至战国时代，正是大纷乱的时候，国家不统一，没有强有力的政府，社会上更无道德标准之可言，到处只是乱闹乱杀，因此，文学上也没有统制的力量去拘束它，人人都得自由讲自己愿讲的话，各派思想都能自由发展。这样便造成算是最先的一次诗言志的潮流。

文学方面的兴衰，总和政治情形的好坏相反背着的。西汉时候的政治，在中国历史上总算是比较好些的，然而自董仲舒而后，思想定于一尊，儒家的思想统治了整个的思想界，于是文学也走入了载道的路子。这时候所产生出来的作品，很少作得好的，除了司马迁等少数人外，几乎所有的文章全不及晚周，也不及这时期以后的魏晋。

魏时三国鼎立，晋代也只有很少年岁的统一局面，因而这时候的文学，又重新得到解放，所出的书籍都比较有趣一些。而在汉朝已起头的骈体文，到这时期也更加发达起来。更有趣的是这时候尚清谈的特别风气。后来有很多人以为清谈是晋朝的亡国之因，近来胡适之，顾颉刚诸先生已不以为然，我们也觉得政局的糟糕绝不能归咎于这样的事情。他们在当时清谈些什么，我们虽不能知道，但想来是一定很有趣味的事。《世说新语》是可以代表这时候的时代精神的一部书。另外还有很多的好文章，如六朝时的《洛阳伽蓝记》《水经注》《颜氏家训》等书内都有。《颜氏家训》本不是文学书，其中的文章却写得很好，尤其是颜之推的思想，其明达不但为两汉人所不及，即使他生在现代，也绝不算落伍的人物，对各方面他都具有很真切的了解，没一点固执之处。《水经注》是讲地理的书，而里边的文章也特别好。其他如《六朝文絜》内所有的文章，平心静气地讲，的确都是很好的，即使叫现代的文人写，怕也很难写得那样好。

唐朝，和两汉一样，社会上较统一，文学随又走上载道的路子，因而便没有多少好的作品。这时代的文人，我们可以很武断地拿韩愈作代表。虽然韩愈号称文起八代之衰，六朝的骈文体也的确被他打倒了，但他的文章，即使是最有名的《盘谷序》，据我们看来，实在作得不好。仅有的几篇好些的，是在他忘记了载道的时候偶尔写出的，当然不是他的代表作品。

自从韩愈好在文章里面讲道统而后，讲道统的风气遂成为载道派永远去不掉的老毛病。文以载道的口号，虽则是到宋人才提出来的，但那只是承接着韩愈的系统而已。

诗是唐朝新起的东西，诗的体裁也在唐时加多起来，如七言诗，绝句，律诗等都是。但这只是由于当时考诗的缘故。因考诗所以作诗的加多，作品多了自然就有很多的好诗。然而这情形终于和六朝时候的创作情形是不相同的。

唐以后，五代至宋初，通是走着诗言志的道路。词，虽是和乐府的关系很大，但总是这时期新兴的一种东西。在宋初好像还很大胆地走着这条言志的路，到了政局稳定之后，大的潮流便又转入于载道方面。陆放翁，黄山谷，苏东坡诸人对这潮流也不能抵抗，他们所写下的，凡是我们所认为有文学价值的，通是他们暗地里随便一写认为好玩的东西。苏东坡总算是宋朝的大作家，胡适之先生很称许他，明末的公安派对他也捧得特别厉害，但我觉得他绝不是文学运动方面的人物，他的有名，在当时只是因为他反对王安石，因为他在政治方面的反动。（我们看来，王安石的文章和政见，是比较好的，反王派的政治思想实在无可取。）他的作品中的一大部分，都是摹拟古人的。如《三苏策论》里面的文章，大抵都是学韩愈，学古文的。只因他聪明过人，所以学得来还好。另外的一小部分，不是正经文章，只是他随便一写的东西，如书信题跋之类，在他本认为不甚重要，不是想要传留给后人的，因而写的时候，态度便很自然，而他所有的好文章，就全在这一部分里面。从这里可以见出他仍是属于韩愈的系统之下，是载道派的人物。

清末有一位汪琬批评扬雄，他说扬雄的文章专门摹仿古人，写得都不好。好的，只有《酒箴》一篇。那是因为他写的时候随随便便，没想让它传后之故。这话的确不错。写文章时不摆架子，当可写得十分自然。好像一般官僚，在外边总是摆着官僚架子，在家里则有时讲讲笑话，自然也就显得很真诚了。所以，宋朝也有好文章，却都是在作者忘记摆架子的时候所写的。

元朝有新兴的曲，文学又从旧圈套里解脱了出来。到明朝的前后七子，认为元代以至明初时候的文学没有价值，于是要来复古：不读唐代以后的书籍，不学杜甫以后的诗，作文更必须学周秦诸子。他们的时代是十六世纪的前半：前七子是在弘治年间，为李梦阳何景明等人，后七子在嘉靖年间，为李攀龙王世贞等人。他们所生时代虽有先后，其主张复古却是完全一样的。

对于这复古的风气，揭了反叛的旗帜的，是公安派和竟陵派。公安派的主要人物是三袁，即袁宗道，袁宏道，袁中道三人，他们是万历朝的人物，约当西历十六世纪之末至十七世纪之初。因为他们是湖北公安县人，所以有了公安派的名称。他们的主张很简单，可以说和胡适之先生的主张差不多。所不同的，那时是十六世纪，利玛窦还没有来中国，所以缺乏西洋思想。假如从现代胡适之先生的主张里面减去他所受到的西洋的影响，科学，哲学，文学以及思想各方面的，那便是公安派的思想和主张了。而他们对于中国文学变迁的看法，较诸现代谈文学的人或者还更要清楚一点。理论和文章都很对很好，可惜他们的运气不好，到清朝他们的著作便都成为禁书了，他们的运动也给乾嘉学者所打倒了。

"独抒性灵，不拘格套"，这是公安派的主张。在袁中郎（宏道）《叙小修诗》内，他说道：

"……其间有佳处，亦有疵处。佳处自不必言，即疵亦多本色独造语。然予则极喜其疵处，而所谓佳者，尚不能不以粉饰蹈袭为恨，以为未能尽脱近代文人习气故也。

盖诗文至近代而卑极矣。文则必欲准于秦汉，诗则必欲准于盛唐。剿袭模拟，影响步趋。见人有一语不相肖者，则共指以为野狐外道。曾不知文准秦汉矣，秦汉人曷尝字字准六经钦。诗准盛唐矣，盛唐人曷尝字字学汉魏钦。秦汉而学六经，岂复有秦汉之文？盛唐而学汉魏，岂复有盛唐之诗？惟夫代有升降而法不相沿，各极其变，各穷其趣，所以可贵，原不可以优劣论也。

且夫天下之物，孤行则必不可无，必不可无虽欲废焉而不能。雷同则可以不有，可以不有则虽欲存焉而不能。……"

这些话，说得都很得要领，也很像近代人所讲的话。

在中郎为江进之的《雪涛阁集》所作序文内，说明了他对于文学变迁的见解：

"……夫古有古之诗，今有今之诗，袭古人语言之迹而冒以为古，是处严冬而袭夏之葛者也。骚之不袭雅也，雅之体穷于怨，不骚不足以寄也。后人有拟而为之者，终不肖也，何也？彼直求骚于骚之中也。至苏李述别，十九等篇，骚之音节体制皆变矣，然不谓之真骚不可也。……"

后面，他讲到文章的"法"——即现在之所谓"主义"或"体裁"：

"夫法因于敝而成于过者也：矫六朝骈丽钉饾之习者以流丽胜，钉饾者固流丽之因也，然其过在于轻纤，盛唐诸人以阔大矫之；已阔矣又因阔而生莽，是故续盛唐者，以情实矫之；已实矣，又因实而生俚，是故续中唐者以奇僻矫之。然奇则其境必狭，而僻则其务为不以根相胜。故诗之道至晚唐而益小。有宋欧苏辈出，大变晚习，于物无所不收，于法无所不有，于情无所不畅，于境无所不取。滔滔莽莽，有若江河。今之人徒见宋之不法唐，而不知宋因唐而有法者也。"

对于文学史这样看法，较诸说"中国文学在过去所走的全非正路，只有现在所走的道路才对"要高明得多。

批评江进之的诗，他用了"信腕信口，皆成律度"八个字。这八个字可说是诗言志派一向的主张，直到现在，还没有比这八个字说得更中肯的，就连胡适之先生的"八不主义"也不及这八个字说的更得要领。

因为他们是反对前后七子的复古运动的，所以他们极力地反对摹仿。在刚才所引中郎的《雪涛阁集序》内，有着这样的话：

"至以剽袭为复古，句比字拟，务为牵合，弃目前之景，撼腐滥之辞，有才者绌于法而不敢自伸其才，无才者拾一二浮泛之语，帮凑成诗。智者牵于习而愚者乐其易。一倡亿和，优人驺从，共谈雅道。吁，诗至此亦可羞哉！"

我们不能拿现在的眼光，批评他的"优人驺从，共谈雅道"为有封建意味，那是时代使然的。他的反对摹仿古人的见解实在很正确。摹仿可不用思想，因而他所说的这种流弊乃是当然的。近来各学校考试，每每以"董仲舒的思想"或"扬雄的思想"等作为国文题目，这也容易发生如袁中郎所说的这种毛病，使得能作文章的作来不得要领，不能作的更感到无处下笔。外国大学的入学试题，多半是"旅行的快乐"一类，而不是关于莎士比亚的戏曲一类的。中国，也应改变一下，照我想，如能以太阳或杨柳等作为作文题目，当比较合适一些，因为文学的造诣较深的人，可能作得出好文章来。

伯修（宗道）的见解较中郎稍差一些。在他的《白苏斋集》内的《论文》里边，他也提出了反对学古人的意见：

"今之圆领方袍，所以学古人之缀叶蔽皮也。今之五味煎熬，所以学古人之茹毛饮血也。何也？古人之意期于饱口腹蔽形体，今人之意亦期于饱口腹蔽形体，未尝异也。彼摘古人字句入己著作者，是无异缀皮叶于衣袂之中，投毛血于殽核之内也。大抵古人之文专期于达，而今人之文专期于不达。以不达学达，是可谓学古者乎？"（《论文》上）

"……有一派学问则酿出一种意见，有一种意见，则创出一般言语。言语无意见则虚浮，虚浮则雷同矣。故大喜者必绝倒，大哀者必号痛，大怒者必叫吼动地，发上指冠。惟戏场中人，心中本无可喜而欲强笑，亦无可哀而欲强哭，其势不得不假借模拟耳。今之文士，浮浮泛泛，原不曾的然做一项学问，叩其胸中亦茫然不曾具一丝意见，徒见古人有立言不朽之说，有能诗能文之名，亦欲搦管伸纸，入此行市，连篇累牍，图人称扬。夫以茫昧之胸而妄意鸿巨之裁，自非行乞左马之侧，募缘残溺，盗窃遗失，安能写满卷帙乎？试将诸公一编，抹去古语陈句，几不免曳白矣。

……然其病源则不在模拟，而在无识。若使胸中的有所见，苞塞于中，将墨不暇研，笔不暇挥，兔起鹘落，犹恐或逸，况有闲力暇晷引用古人词句耶？故学者诚能从学生理，从理生文，虽驱之使模不可得矣。"（《论文》下）

这虽然一半讲笑话，一半挖苦人，其意见却很可取。

从这些文章里面，公安派对文学的主张，已可概见。对他们自己所作的文章，我们也可作一句总括的批评，便是："清新流丽"。他们的诗也都巧妙而易懂。他们不在文章里面摆架子，不讲治国平天下的大道理，只要看过前后七子的假古董，就可很容易看出他们的好处来。

不过，公安派后来的流弊也就因此而生，所作的文章都过于空疏浮滑，清楚而不深厚。好像一个水池，污浊了当然不行，但如清得一眼能看到池底，水草和鱼类一齐可以看清，也觉得没有意思。

而公安派后来的毛病即在此。于是竟陵派又起而加以补救。竟陵派的主要人物是钟惺和谭元春，他们的文章很怪，里边有很多奇僻的词句，但其奇僻绝不是在摹仿左马，而只是任着他们自己的意思乱作的，其中有许多很好玩，有些则很难看得懂。另外的人物是倪元璐，刘侗诸人，倪的文章现在较不易看到，刘侗和于奕正合作的《帝京景物略》在现在可算是竟陵派唯一的代表作品，从中可看出竟陵派文学的特别处。

后来公安竟陵两派文学融合起来，产生了清初张岱（宗子）诸人的作品，其中如《琅嬛文集》等，都非常奇妙。《琅嬛文集》现在不易买到，可买到的有《西湖梦寻》和《陶庵梦忆》两书，里边通有些很好的文章。这也可以说是两派结合后的大成绩。

那一次的文学运动，和民国以来的这次文学革命运动，很有些相像的地方。两次的主张和趋势，几乎都很相同。更奇怪的是，有许多作品也都很相似。胡适之，冰心，和徐志摩的作品，很像公安派的，清新透明而味道不甚深厚。好像一个水晶球样，虽是晶莹好看，但仔细地看许多时就觉得没有多少意思了。和竟陵派相似的是俞平伯和废名两人，他们的作品有时很难懂，而这难懂却正是他们的好处。同样用白话写文章，他们所写出来的，却另是一样，不像透明的水晶球，要看懂必须费些功夫才行。然而更奇怪的是俞平伯和废名并不读竟陵派的书籍，他们的相似完全是无意中的巧合。从此，也更可见出明末和现今两次文学运动的趋向是怎样的相同了。

第三讲 清代文学的反动（上）——八股文

清代文学总览

八股文的来源

八股文的作法及各种限制

试帖诗和诗钟

八股文所激起的反动

以袁中郎作为代表的公安派，其在文学上的势力，直继续至清朝的康熙时代。集公安竟陵两派之大成的，上次已经说过，是张岱，张岱便是明末清初的人。另外还有金圣叹（喟），李笠翁（渔），郑燮，金农，袁枚诸人。金圣叹的思想很好，他的文学批评很有新的意见，这在他所批点的《西厢》《水浒》等书上全可看得出来。他留下来的文章并不多，但从他所作的两篇《水浒传》的序文中，也可以看得出他的主张来的，他能将《水浒》《西厢》和《左传》《史记》同样当作文学书看，不将前者认为诲淫诲盗的东西，这在当时实在是一件很不容易的事。李笠翁所著有《笠翁一家言》，其中对于文学的见解和人生的见解也都很好。他们都是康熙时代的人。其后便成了强弩之末，到袁枚时候，这运动便结束了。

大约从一七〇〇年起始，到一九〇〇年止，在这期间，文学的方向和以前又恰恰相反，但民国以来的文学运动，却又是这反动力量所激起的反动。我们可以这样说：明末的文学，是现在这次文学运动的来源；而清代的文学，则是这次文学运动的原因。不看清楚清代的文学情形，则新文学运动所以起来的原因也将弄不清楚，要说明也便没有依据。我常提议各校国文系的学生，应该研究八股文，也曾作过一篇《论八股文》（见本书附录），说明为什么应该研究它。这项提议，看来似乎是在讲笑话，而其实倒是正经话，是因为八股文和现代文学有着很大的关系之故。

清代的文艺学问情形，在梁任公先生的《清代学术概论》中说得很详尽了，我们不必多说。但今为便利计，姑归纳为下列几种：

一，宋学（也可称哲学或玄学）

二，汉学（包括语言学和历史）

三，文学

（1）明末文学的余波——至袁枚为止。

（2）骈文（文选派）

（3）散文（古文，以桐城派为代表。）

四，制艺（八股）

在清代，每个从事于学问的人，总得在这些当中选择一两种去研究。但无论研究那一种，八股文是人人所必须学的。清代的宋学无可取，汉学和文学没多大关系，文学里明末文学运动的余波已逐渐衰微下去，而这时期的骈体文也只是剽拟模仿，更不能形成一种力量。余下的便只有散文和八股了。

关于八股文的各方面，我们所知道的很少，怕不能扼要地讲得出来。可供参考的书籍也很少，能找到的只有梁章钜的《制艺丛话》，在里边可以找到许多好的材料，此外更无第二部。刘熙载的《艺概》末卷也是讲制艺的，只是所讲全是些空洞的话，并没有具体的例证。但我们对八股文如不晓得是怎么一回事，则对旧文学里面的好些地方全都难以明了，于此，也只得略加说明：

所谓制艺，是指自宋以来考试的文章而言。在唐时考试用诗；宋时改为经义，即从四书或五经内出一题目，由考的人作一段文章，其形式全与散文相同；到明代便有了定型：文章的起首是破题，其次是承题，再次是起讲，后面共有八股，每两股作为一段，此平彼仄，两两相对，成为这样的形式：

$$
\left\{
\begin{array}{llll}
甲 & 乙 & 丙 & 丁 \\
甲' & 乙' & 丙' & 丁'
\end{array}
\right.
$$

下面再有一段作为结尾。这便是所谓八股文。到明末清初时候，更加多了许多限制，不但有一定的形式，且须有一定的格调。这样，越来便越麻烦了。

现在将清代各种文学，就其在形式和内容两方面的差别，另画作这样的一张表：

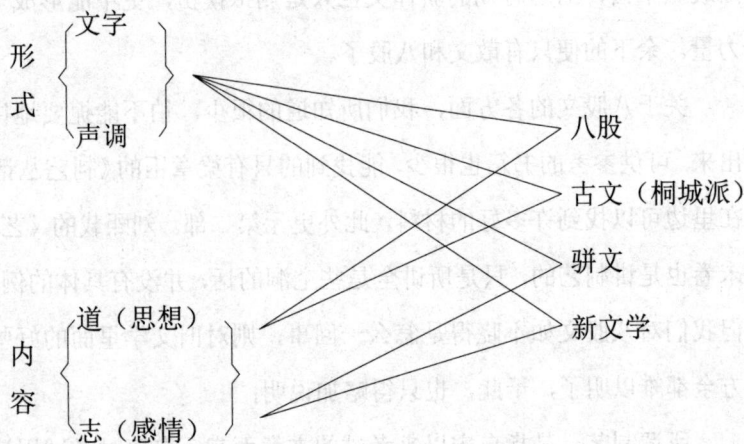

```
          ⎧ 文字                              八股
      形   ⎨
      式   ⎨                                 古文（桐城派）
          ⎩ 声调
                                            骈文

          ⎧ 道（思想）                        新文学
      内   ⎨
      容   ⎨
          ⎩ 志（感情）
```

这里边，八股文是以形式为主，而以发挥圣贤之道为内容的。桐城派的古文是以形式和思想平重的。骈文的出发点为感情，而也是稍偏于形式方面。以感情和形式平重的，则是这时期以后的新文学。就中，八股文和桐城派的古文很相近，早也有人说过，桐城派是以散文作八股的。骈文和新文学，同以感情为出发点，所以二者也很相近，其不同处是骈文太趋重于形式方面。后来反对桐城派和八股文，可走的路径，从这表上也可以看得出来，不走向骈文的路便走向新文学的路。而骈文在清代的势力，如前面所说，本极微弱，于是便只有走向新文学这方面了。

为什么会有八股文这东西起来呢？据我想这与汉字是有特别关系的。汉字在世界上算是最特别的一种，它有平仄而且有偏旁，于是便可找些合适的字使之两两互对起来。例如"红花"可用"绿叶"作对，若用"黄叶"或"青枝"等去对，即使小学生也知其不合适，因为"红花"和"绿叶"，不但所代表的颜色和物件正好相对，字的平仄也是正对的，而且红绿二字还都带有"糸"旁，其它的"青枝""黄叶"等便不足这些条件了。

从前有人路过一家养马的门口，见所贴门联的一幅是"左手牵来千里马"，觉得很好，但及至看到下幅，乃是"右手牵来千里驹"，又觉得很不好了。这在卖马的人只是表示他心中的愿望，然而看门联的人则以为应当对得很精巧才成，仿佛"千"定要对"万"或"手"定要对"足"才是。

这样子，由对字而到门联，由门联而到挽联，而到很长的挽联，便和八股文很接近了。

中国打"灯谜"的事也是世界各国所没有的，在中国各地方各界却都很普遍。譬如"人人尽道看花回"，打四书一句："言游过矣"，又如"传语报平安"打"言不必信"等等，意思尽管是牵强附会，但倒转过来，再变化得较高级一些，便成为八股中破题的把戏，因此，我觉得八股文之所以造成，大部分是由于民间的风气使然，并不是专因为某个皇帝特别提倡的缘故。

关于破题有很多笑话，但虽是笑话，其作法却和正经的破题完全相同。据说有人作文章很快，于是别人出题目要他作，而只准他以四个字作为破题。题目是"君命召不俟驾行矣"，他的破题是"君请，度（踱）之"。又如有人以极通俗的话作破题解释"三十而立"说："两当十五之年，虽有椅子板凳而不敢坐也。"另外要举一正经的例子：题目是"子曰"，有人的破题是"匹夫而为百世师，一言而为天下法"。这是明代人所作的，那时候这样的破题还可以，到清代则破题的结尾一定要用一虚字才行。

从这些例子看来，便很可以明白，低级的灯谜，和高级的破题，原是同一种道理生出来的。

"破题"之后是"承题"，承题的起首必须得用一"夫"字，例如，要接着前面所举"三十而立"的破题作下去，其承题的起首一定是"夫椅子板凳所以坐者也……"一类的话头。

总之，作文章的人，处处都受有限制，必须得模仿当时圣贤说话的意思，又必须遵守形式方面的种种条规。作一篇文章消磨很多的时间，作成之后却毫没价值。

然而前面所举的还都是些普通的题目，还较为简单易作，其更难的是所谓"截搭题"，即由四书上相邻的两章或两句中，各截取一小部分，凑合而为一个题目。例如从"三十而立，四十而不惑"两句当中，可截取"而立四十"作题。这种题目有很多凑得非常奇怪的，如"活昏"，本是"民非水火不生活"的末一字和"昏夜叩人之门户"的首一字，毫无关系，然而竟凑为一个题目。遇到此类题目，必须用一种所谓"渡法"，将上半截的意思渡到下半截去。在《制艺丛话》中，有一个很巧妙的例子，题目是"以杖叩其胫阙党童子"，这是原壤夷俟章的末句和阙党童子将命章的前半句，意思当然不相连接，然而有人渡得很妙：

"一杖而原壤痛，再杖而原壤哭，三杖而原壤死矣，一阵清风而原壤化为阙党童子矣。"

作八股文不许连上，不许犯下，不许骂题漏题，这篇文章全没违犯这些规则，而又将题中不相干的两种意思能渡在一起，所以算最好。

八股文中的声调也是一件很主要的成分。这大概是和中国的戏剧有关系的事。中国的歌曲早已失传，或者现在一般妓女所唱的小曲还有些仿佛吧，然而在民间已不通行。大多数国民的娱乐，只是在于戏剧方面。现在各学校所常举行的游艺会欢迎会之类，在余兴一项内也大半都是唱些旧剧，老百姓在种地的时候，或走路害怕的时候，也都好唱几句皮簧之类，由此可见一般人对于戏剧的注意点是在于剧词的腔调方面。当我初到北京时是在光绪三十年顷，在戏院里见有许多当时的王公们，都脸朝侧面而不朝戏台，后来才知道这是因为他们所注意的只是唱者的音调如何，而不在于他们的表演怎样。西皮二簧甚至昆曲的词句，大半都作得不好，不通顺，然而他们是不管那些的，正如我们听西洋戏片，多半是只管音调而不管意思的。这在八股文内，也造成了同样的情形，只要调子好，规矩不错，有时一点意思也没有，都可以的。从下面的两股文章内，便可看出这种毛病来：

"天地乃宇宙之乾坤，吾心实中怀之在抱，久矣夫千百年来已非一日矣，溯往事以追维，曷勿考记载而诵诗书之典要。

元后即帝王之天子，苍生乃百姓之黎元，庶矣哉亿兆民中已非一人矣，思入时而用世，曷勿瞻黼座而登廊庙之朝廷。"

这是八股中的两中股，在这两股中，各句子里起首和煞尾的字，其平仄都很对，所以，其中的意思虽是使人莫明其妙，文章也尽管不通，只因调子好，就可算是很好的"中式"文字。

上面所举的各种例子，游戏的地方太多，也许八股文中所有的特别的地方还看不清楚，于此，再举一个正经的例子：

父母惟其疾之忧（章日价）

"罔极之深恩未报，而又徒遗留不肖之肢体，贻父母以半生莫殚之愁。

百年之岁月几何，而忍吾亲以有限之精神，更消磨于生我劬劳之后。"

这是八股中的后两股，其声调和句子，作得都很好，文字虽也平常，对题中的意思却发挥得很透澈，所以这算是八股中之最上等的。作不好的即成为前面所举"天地乃宇宙之乾坤"一类的。

我以前在《论八股文》中也曾举例说明过，凡是从前考试落第的人，只须再用功多读，将调子不同的文章，读上一百来篇，好像我们读乐谱样，读到烂熟，再考时就可从中选一合适的调子，将文章填入，自然也就可以成功了。鲁迅在《朝华夕拾》内说到三味书屋里教书的老先生读文时摇头摆脑的神情，是事实，而且很有道理在里边的：假使单是读而不摇头，则文字中的音乐分子便有时领略不出来，等自己作时，也便很难将音调捉摸得好了。

和八股文相连的有试帖诗。唐代的律诗本只八句，共四韵，后来加多为六韵，更后成为八韵。在清朝，考试的人都用作八股文的方法去作诗，于是律诗完全八股化而成为所谓"试帖"。在徐宝善的《壶园试帖》里面，有一首题目为"王猛扪虱"，我们可从中抄出几句作例：

> 建业蜂屯扰，成都蚁战酣，
>
> 中原披褐顾，余子处裈惭，
>
> 汤沐奚烦具，爬搔尽许探，
>
> 搜将虮蚤细，劙向齿牙甘。

这首诗，因为题目好玩，作者有才能，所以能将王猛的精神，王猛的身分，和那时代的一般情形，都写在里面，而且风趣也很好。不过这也只是一种细工而已，算不得真正文学。

这种诗的作法，是和作诗钟的方法有很大的关系的。诗钟是每两句单独作，譬如清朝道光时代的一位文人秦云，曾以"蜡，芥"

为题目，作过这样的两句：

嚼来世事真无味，

拾得功名尽有人。

这看来好像很感慨，但这感慨并不是诗人自己的牢骚，而是从题目里面生出来的。诗钟作到这样，算是比较成功的了，但和真文学相去则很远。而所谓试帖诗，从前面的例上可以看出，就是应用这样的方法作成的。即八股文的作法，也和这作诗钟的方法很有关系。

总括起来，八股文和试帖诗都一样，其来源：一为朝廷的考试，一为汉字的特别形状，而另一则为中国的戏剧。其时代可以说自宋朝即已开始，无非到清朝才集其大成罢了。

言志派的文学，可以换一名称，叫做"即兴的文学"，载道派的文学，也可以换一名称，叫做"赋得的文学"。古今来有名的文学作品，通是"即兴文学"。例如《诗经》上没有题目，《庄子》也原无篇名，他们都是先有意思，想到就写下来，写好后再从文字里将题目抽出的。"赋得的文学"是先有题目然后再按题作文。自己想出的题目，作时还比较容易，考试所出的题目便有很多的限制，自己的意见不能说，必须揣摩题目中的意思，如题目是孔子的话，则须跟着题目发挥些圣贤道理，如题目为阳货的话，则又非跟着题目骂孔子不可。正如刘熙载所说的，"未作破题，文章由我；既生破题，我由文章"。只要遵照各种规则，写得精密巧妙，即成为"中式"的文章。其意义之有无，倒可不管。我们现在作文章有如走路，在前作八股文则如走索子。走索时可以随便，而走索子则非按照先生所教的方法不可，否则定要摔下来。不但规矩，八股文的字数也都有一定，在顺治初年，定为四百五十字算满篇，康熙时改为五百五十，后又改为六百。字数在三百以内不及格，若多至六七百以上也同样不及格。总之，这种有定制的文章，使得作者完全失去其自由，妨碍了真正文学的产生，也给了中国社会许多很坏的影响，至今还不能完全去掉。正如吴稚晖所说，土八股虽然没有了，接着又有了洋八股，现在则又有了党八股。譬如现在要考什么，与考的人不必有专门研究，不懂题目也可以按照题目的意思敷衍成一段文章，使之有头尾，这便是八股文的方法。

规则那样麻烦，流弊那样多，其引起反对乃是当然的。而且不仅在清末，在其先已经就有起而反对的人了。最先的是傅青主（山）和徐灵胎（大椿）二人，他们都是有名的医生，都曾作过骂八股的文字。在徐灵胎的《洄溪道情》里面，有一首曲子叫"时文叹"，其词是：

"读书人，最不济。烂时文，烂如泥。国家本为求才计，谁知道变作了欺人计。三句承题，两句破题，摆尾摇头，便是圣门高弟，可知道三通四史是何等文章，汉祖唐宗是那朝皇帝？案头放高头讲章，店里买新科利器。读得来肩背高低，口角嘘唏。甘蔗渣儿嚼了又嚼，有何滋味？辜负光阴，白白昏迷一世！就教他骗得高官，也是百姓朝廷的晦气。"

当然这是算不得文学的，但却可以代表当时一部分人的意见，所以也算是一篇与文学史有关系的东西。

清代自洪杨乱后，反对八股文的势力即在发动。到清末，凡是思想清楚些的，都感觉到这个问题。当时，政治方面的人物，都受了维新思想的传染，以为八股文太没用处。研究学问的人则以为八股文太空疏。因而一般以八股文出身的人们，也都起而反对了。力量最大关系最多的，是康有为梁任公诸人。不过那时候所作到的只是在政治方面的成功，只使得考试时不再用八股而用策论罢了。而在社会上的思想方面，文学方面，都还没有多大的改变，直到陈独秀胡适之等人正式地提出了文学革命的口号，而文学运动上才又出现了一支生力军。

现下文学界的人们，很少曾经作过八股文的，因而对于八股文的整个东西，都不甚了然。现在只能将它和新文学运动有关系的地方略略说及，实不容易说得更具体些。整篇的八股文字，如引用起来，太长，太无聊，大家可自己去查查看。以后如有对此感到兴趣的人，可将这东西作一番系统的研究，整理出一个端绪来，则其在中国文学上的价值和关系，自可看得更清楚了。

第四讲 清代文学的反动（下）——桐城派古文

桐城派的统系

桐城派的思想和桐城义法

桐城派的演变

桐城派和新文学运动的关系

死去的公安派精神的苏醒

桐城派所激起的反动

如上次所说，在十八九两世纪的中国，文学方面是八股文与桐城派古文的时代。所以能激动起清末和民国初年的文学革命运动，桐城派古文也和八股文有相等的力量在内。

桐城派的首领是方苞和姚鼐，所以称之为桐城派者，是因他们通是安徽桐城县人。关于桐城派的文献可看《方望溪集》和《姚惜抱集》，该派的重要主张和重要文字，通可在这两部书内找到。此外便当可用的还有一本叫做《桐城文派述评》的小书。吴汝纶和严复的文章也可以一看，因为他们是桐城派结尾的人物。另外也还有些人，但并不重要，现在且可不必去看。

桐城派自己所讲的系统是这样子的：

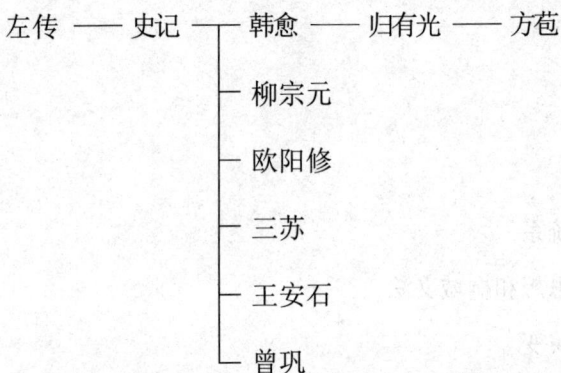

```
左传 ── 史记 ┬ 韩愈 ── 归有光 ── 方苞
              ├ 柳宗元
              ├ 欧阳修
              ├ 三苏
              ├ 王安石
              └ 曾巩
```

从此可以看得出，他们还是承接着唐宋八大家的系统下来的：上承左马，而以唐朝的韩愈为主，将明代的归有光加入，再下来就是方苞。不过在他们和唐宋八大家之间，也有很不相同的地方：唐宋八大家虽主张"文以载道"，但其着重点犹在于古文方面，只不过想将所谓"道"这东西收进文章里去作为内容罢了，所以他们还只是文人。桐城派诸人则不仅是文人，而且也兼作了"道学家"。他们以为韩愈的文章总算可以了，然而他在义理方面的造就却不深；程朱的理学总算可以了，然而他们所做的文章却不好。于是想将这两方面的所长合而为一，因而有"学行继程朱之后，文章在韩欧之间"的志愿。他们以为"文即是道"，二者并不可分离，这样的主张和八股文是很接近的。而且方苞也就是一位很好的八股文作家。

关于清代学术方面的情形，在前我们曾说到过，大体是成这种形势：

一，宋学（哲学或玄学）

二，汉学 { 语言

历史

三，文学

（1）明末文学的余波

（2）骈文（文选派）

（3）散文（古文，以桐城派为代表。）

四，制艺

按道理说，桐城派是应归属于文学中之古文方面的，而他们自己却不以为如此。照他们的说法，应该改为这样的情形：

1. 义理——宋学

2. 考据——汉学

3. 词章 { 诗词

骈文 　} 桐城派

古文

4. 制艺

他们不自认是文学家，而是集义理，考据，词章三方面之大成的。本来自唐宋八大家主张"文以载道"而后，古文和义理便渐渐离不开，而汉学在清代特占势力，所以他们也自以懂得汉学相标榜。实际上方姚对于考据之学却是所知有限得很。

他们主张"学行继程朱之后"，并不是处处要和程朱一样，而是以为：只要文章作得好，则"道"也即跟着好起来，这便是学行方面的成功。今人赵震大约也是一位桐城派的文人，在他所编的《方姚文》的序文中，曾将这意思说得很明白，他说：

"……然则古文之应用何在？曰：'将以为为学之具，薪至乎知言知道之君子而已。'人之为学，大率因文以见道，而能文与不能文者，其感觉之敏钝，领会之多寡，盖相去悬绝矣。……"

另外，曾国藩有一段话也能对这意见加以说明，他在《示直隶学子文》内，论及怎样研究学问，曾说道：

"苟通义理之学，而经济该乎其中矣。……然后求先儒所谓考据者，使吾之所见证诸古制而不谬；然后求所谓词章者，使吾之所获达诸笔札而不差。……"

因为曾国藩是一位政治家，觉得单是讲些空洞的道理不够用，所以又添了一种"经济"进去，而主张将四种东西——即义理，考据，词章，经济——打在一起。

从这两段文字中，当可以看得出他们一贯的主张来，即所作虽为词章，所讲乃是义理。因此他们便是多方面的人而不只是文学家了。

以上是桐城派在思想方面的主张。

在文词方面，他们还提出了所谓"桐城义法"。所谓义法，在他们虽看得很重，在我们看来却并不是一种深奥不测的东西，只是一种修词学而已。将他们所说的归并起来，大抵可分为以下两条：

第一，文章必须"有关圣道"——方苞说："非阐道翼教，有关人伦风化不苟作。"姚鼐也说过同样的话，以为如"不能发明经义不可轻述"。所以凡是文章必须要"明道义，维风俗"。其实，这也和韩愈等人文以载道的主张一样，并没有更高明的道理在内。

此外他们所提出的几点，如文章要学左史，要以韩欧为法，都很琐碎而没有条理。比较可作代表的是沈廷芳《书方望溪先生传后》中的一段话：

"……南宋元明以来，古文义法不讲久矣。吴越间遗老尤放恣：或杂小说，或沿翰林旧体，无雅洁者。古文中不可录：语录中语，魏晋六朝人藻丽俳语，汉赋中板重字法，诗歌中隽语，南北史佻巧语。"

将其中的意见归纳起来，也可勉强算作他们的义法之一，便是：

第二，文要雅正。

另外还有一种莫明其妙的东西，为现在的桐城派文人也说不明白的，是他们主张文章内要有"神理气味，格律声色"八种东西。

姚鼐《古文辞类纂序目》：

"凡文之体类十三,而所以为文者八:曰'神理气味,格律声色'。神理气味者文之精也,格律声色者文之粗也。……"

"理"是义理,即我们之所谓"道";"声"是节奏,是文章中的音乐分子;"色"是色采,是文章的美丽。这些,我们还可以懂得。但神,气,味,律等,意义就十分渺茫,使人很难领会得出。林纾的《春觉斋论文》,可说是一本桐城派作文的经验谈,而对于这几种东西,也没有说得清楚。

不管他们的主张如何,他们所作出的东西,也仍是唐宋八大家的古文。并且,越是按照他们的主张作出的,越是作得不好。《方姚文》中所选的一些,是他们自己认为最好,可以算作代表作的,但其好处何在,我们却看不出来。不过,和明代前后七子的假古董相比,我以为桐城派倒有可取处的。至少他们的文章比较那些假古董为通顺,有几篇还带些文学意味。而且平淡简单,含蓄而有余味,在这些地方,桐城派的文章,有时比唐宋八大家的还好。虽是如此,我们对他们的思想和所谓"义法",却始终是不能赞成,而他们的文章统系也终和八股文最相近。

假如说姚鼐是桐城派定鼎的皇帝,那么曾国藩可说是桐城派中兴的明主。在大体上,虽则曾国藩还是依据着桐城派的纲领,但他又加添了政治经济两类进去,而且对孔孟的观点,对文章的观点,也都较为进步。姚鼐的《古文辞类纂》和曾国藩的《经史百家杂钞》二者有极大的不同之点:姚鼐不以经书作文学看,所以《古文辞类纂》内没有经书上的文字；曾国藩则将经中文字选入《经史百家杂钞》之内，他已将经书当作文学看了。所以，虽则曾国藩不及金圣叹大胆，而因为他较为开通，对文学较多了解，桐城派的思想到他便已改了模样。其后，到吴汝纶，严复，林纾诸人起来，一方面介绍西洋文学，一方面介绍科学思想，于是经曾国藩放大范围后的桐城派，慢慢便与新要兴起的文学接近起来了。后来参加新文学运动的，如胡适之，陈独秀，梁任公诸人，都受过他们的影响很大。所以我们可以说，今次文学运动的开端，实际还是被桐城派中的人物引起来的。

但他们所以跟不上潮流，所以在新文学运动正式作起时，又都退缩回去而变为反动势力者，是因为他们介绍新思想的观念根本错误之故。在严译的《天演论》内，有吴汝纶所作的一篇很奇怪的序文，他不看重天演的思想，他以为西洋的赫胥黎未必及得中国的周秦诸子，只因严复用周秦诸子的笔法译出，因文近乎"道"，所以思想也就近乎"道"了。如此，《天演论》是因为译文而才有了价值。这便是当时所谓"老新党"的看法。

林纾译小说的功劳算最大，时间也最早，但其态度也非常之不正确。他译司各特（Scott）狄更司（Dickens）诸人的作品，其理由不是因为他们的小说有价值，而是因为他们的笔法有些地方和太史公相像，有些地方和韩愈相像，太史公的《史记》和韩愈的文章既都有价值，所以他们的也都有价值了。这样，他的译述工作，虽则一方面打破了中国人的西洋无学问的旧见，一方面也可打破了桐城派的"古文之体忌小说"的主张，而其根本思想却仍是和新文学不相同的。

他们的基本观念是"载道"，新文学的基本观念是"言志"，二者根本上是立于反对地位的。所以，虽则接近了一次，而终于不能调和。于是，在袁世凯作皇帝时，严复成为筹安会的六君子之一，后来写信给人也很带复辟党人气味；而林纾在一九一八年至一九一九年时，也一变而为反对文学革命运动的主要人物了。

另外和新文学运动有关系的是汉学家。汉学家和新文学本很少发生关系的可能，但他们和明末的文学却有关系。如我们前次所讲，明末的新文学运动一直继续到清代初年。在历史上可以明明白白看出来的，是汉学家章实斋在《文史通义》内《妇学》一篇中大骂袁枚，到这时公安竟陵两派的文学便告了结束。然而最奇怪的事情是他们在汉学家的手里死去，后来却又在汉学家的手里复活了过来。在晚清，也是一位汉学家，俞曲园（樾）先生，他研究汉学也兼弄词章——虽则他这方面的成绩并不好。在他的《春在堂全集》中，有许多游戏小品，《小浮梅闲话》则全是讲小说的文字，这是在同时代的别人的集子中所没有的。他的态度和清初的李笠翁，金圣叹差不多，也是将小说当作文学看。当时有一位白玉昆作过一部《三侠五义》，他竟加以修改，改为《七侠五义》而刻印了出来，这更是一件像金圣叹所作的事情。在一篇《曲园戏墨》中，他将许多字作成种种形

像，如将"曲园拜上"四字画作一个人跪拜的姿势等，这又大似李
笠翁《闲情偶寄》中的风趣了。所以他是以一个汉学家而走向公安
派竟陵派的路子的。

从这里我们可以看出，在清代晚年已经有对于八股文和桐城派
的反动倾向了。只是那时候的几个人，都是在无意识中作着这件工
作。来到民国，胡适之，陈独秀，梁任公诸人，才很明了地意识到
这件事而正式提出文学革命的旗帜来。在《北斗》杂志上载有鲁迅
一句话"由革命文学到遵命文学"，意思是：以前是谈革命文学，
以后怕要成为遵命文学了。这句话说得颇对，我认为凡是载道的文
学，都得算作遵命文学，无论其为清代的八股，或桐城派的文章，
通是。对这种遵命文学所起的反动，当然是不遵命的革命文学。于
是产生了胡适之的所谓"八不主义"，也即是公安派的所谓"独抒
性灵，不拘格套"和"信腕信口，皆成律度"的主张的复活。所以，
今次的文学运动，和明末的一次，其根本方向是相同的。其差异点
无非因为中间隔了几百年的时光，以前公安派的思想是儒家思想，
道家思想加外来的佛教思想三者的混合物，而现在的思想则又于此
三者之外，更加多一种新近输入的科学思想罢了。

第五讲 文学革命运动

清末政治的变动所给予文学的影响

梁任公和文学改革的关系

白话作品的出现

《新青年》杂志的刊行和文学革命问题的提出

旧势力的恐怖和挣扎

文学革命运动和明末新文学运动根本精神之所以相同

用白话的理由

清末文学方面的情形，就是前两次所讲到的那样子，现在再加一总括的叙述：

第一，八股文在政治方面已被打倒，考试时已经不再作八股文而改作策论了。其在社会方面，影响却依旧很大，甚至，直到现在还没有完全消失。

第二，在乾隆嘉庆两朝达到全盛时期的汉学，到清末的俞曲园也起了变化，他不但弄词章，而且弄小说，而且在《春在堂全集》中的文字，有的像李笠翁，有的像金圣叹，有的像郑板桥和袁子才。于是，被章实斋骂倒的公安派，又得以复活在汉学家的手里。

第三，主张文道混合的桐城派，这时也起了变化，严复出而译述西洋的科学和哲学方面的著作，林纾则译述文学方面的。虽则严复的译文被章太炎先生骂为有八股调；林纾译述的动机是在于西洋文学有时和《左传》《史记》中的笔法相合；然而在其思想和态度方面，总已有了不少的改变。

第四，这时候的民间小说，比较低级的东西，也在照旧发达。其作品有《孽海花》等。

受了桐城派的影响，在这变动局面中演了一个主要角色的是梁任公。他是一位研究经学而在文章方面是喜欢桐城派的。当时他所主编的刊物，先后有《时务报》《新民丛报》《清议报》和《新小说》等等，在那时的影响都很大。不过，他是从政治方面起来的，他所最注意的是政治的改革，因而他和文学运动的关系也较为异样。

自从甲午年（1894）中国败于日本之后，中间经过了戊戌政变（1898），以至于庚子年的八国联军（1900），这几年间是清代政治上起大变动的开始时期。梁任公是戊戌政变的主要人物，他从事于政治的改革运动，也注意到思想和文学方面。在《新民丛报》内有很多的文学作品。不过那些作品都不是正路的文学，而是来自偏路的，和林纾所译的小说不同。他是想藉文学的感化力作手段，而达到其改良中国政治和中国社会的目的。这意见，在他的一篇很有名的文章《论小说与群治之关系》中可以看出。因此他所刊载的小说多是些"政治小说"，如讲匈牙利和希腊的政治改革的小说《经国美谈》等是。《新小说》内所登载的，比较价值大些，但也都是以改良社会为目标的，如科学小说《海底旅行》，政治小说《新罗马传奇》《新中国未来记》和其它的侦探小说之类。这是他在文学运动以前的工作。

梁任公的文章是融和了唐宋八大家，桐城派，和李笠翁，金圣叹为一起，而又从中翻陈出新的。这也可算他的特别工作之一。在我年小时候，也受了他的非常大的影响，读他的《饮冰室文集》《自由书》《中国魂》等书，都非常有兴趣。他的文章，如他自己在《清代学术概论》中所讲，是"笔锋常带情感"，因而影响社会的力量更加大。

他曾作过一篇《罗兰夫人传》。在那篇传文中，他将法国革命后欧洲所起的大变化，都归功于罗兰夫人身上。其中有几句是：

"罗兰夫人何人也？彼拿破仑之母也，彼梅特涅之母也。彼玛志黎，噶苏士，俾士麦，加富尔之母也。……"

因这几句话，竟使后来一位投考的人，在论到拿破仑时颇惊异于拿破仑和梅特涅既属一母所生之兄弟何以又有那样不同的性格。

从这段笑话中，也可见得他给予社会上的影响是如何之大了。

就这样，他以改革政治改革社会为目的，而影响所及，也给予文学革命运动以很大的助力。

在这时候，曾有一种白话文字出现，如《白话报》，白话丛书等，不过和现在的白话文不同，那不是白话文学，而只是因为想要变法，要使一般国民都认识些文字，看看报纸，对国家政治都可明了一点，所以认为用白话写文章可得到较大的效力。因此，我以为那时候的白话和现在的白话文有两点不相同：

第一，现在的白话文，是"话怎样说便怎样写"。那时候却是由八股缙白话，有一本《女诫注释》，是那时候的白话丛书之一，序文的起头是这样：

"梅侣做成了《女诫》的注释，请吴芙做序，吴芙就提起笔来写道，从古以来，女人有名气的极多，要算曹大家第一，曹大家是女人当中的孔夫子，《女诫》是女人最要紧念的书。……"

又后序云：

"华留芳女史看完了裴梅侣做的曹大家《女诫注释》，叹一口气说道，唉，我如今想起中国的女子，真没有再比他可怜的了。……"

这仍然是古文里的格调，可见那时的白话，是作者用古文想出之后，又缙作白话写出来的。

第二，是态度的不同——现在我们作文的态度是一元的，就是：无论对什么人，作什么事，无论是著书或随便的写一张字条儿，一律都用白话。而以前的态度则是二元的：不是凡文字都用白话写，只是为一般没有学识的平民和工人才写白话的。因为那时候的目的是改造政治，如一切东西都用古文，则一般人对报纸仍看不懂，对政府的命令也仍将不知是怎么一回事，所以只好用白话。但如写正经的文章或著书时，当然还是作古文的。因而我们可以说，在那时候，古文是为"老爷"用的，白话是为"听差"用的。

总之，那时候的白话，是出自政治方面的需求，只是戊戌政变的余波之一，和后来的白话文可说是没有多大关系的。

不过那时候的白话作品，也给了我们一种好处：使我们看出了古文之无聊。同样的东西，若用古文写，因其形式可作掩饰，还不易看清它的缺陷，但用白话一写，即显得空空洞洞没有内容了。

这样看来，自甲午战后，不但中国的政治上发生了极大的变动，即在文学方面，也正在时时动摇，处处变化，正好像是上一个时代的结尾，下一个时代的开端。新的时代所以还不能即时产生者，则是如《三国演义》上所说的"万事齐备，只欠东风"。

所谓"东风"在这里却正应改作"西风"，即是西洋的科学，哲学，和文学各方面的思想。到民国初年，那些东西已渐渐输入得很多，于是而文学革命的主张便正式地提出来了。

一九一五年至一九一六年间，有一种《青年杂志》发行出来，编辑者为陈独秀，这杂志的性质是和后来商务印书馆的《学生杂志》差不多的，后来，又改名为"新青年"。及至蔡子民作了北大校长，他请陈独秀作了文科学长，但《新青年》杂志仍由陈编辑，这是一九一七年的事。其时胡适之尚在美国，他由美国向《新青年》投稿，便提出了文学革命的意见。但那时的意见还很简单，只是想将文体改变一下，不用文言而用白话，别的再没有高深的道理。当时他们的文章也还都是用文言作的。其后钱玄同刘半农参加进去，"文学运动""白话文学"等等旗帜口号才明显地提了出来。接着又有了胡适之的"八不主义"，也即是复活了明末公安派的"独抒性灵，不拘格套"和"信腕信口，皆成律度"的主张。只不过又加多了西洋的科学哲学各方面的思想，遂使两次运动多少有些不同了，而在根本方向上，则仍无多大差异处——这是我们已经屡次讲到的了。

对此次文学革命运动起而反对的，是前次已经讲过的严复和林纾等人。西洋的科学哲学和文学，本是由于他们的介绍才得输入中国的，而参加文学革命运动的人们，也大都受过他们的影响。当时林译的小说，由最早的《茶花女遗事》到后来的《十字军英雄记》和《黑太子南征录》，我就没有不读过的。那么，他们为什么又反动起来呢？那是他们有载道的观念之故。严林都十分聪明，他们看出了文学运动的危险将不限于文学方面的改革，其结果势非使儒教思想根本动摇不可。所以怕极了便出而反对。林纾有一封很长的信，致蔡孑民先生，登在当时的《公言报》上，在那封信上他说明了这次文学运动将使中国人不能读中国古书，将使中国的伦常道德一齐动摇等危险，而为之担忧。

关于这次运动的情形，没有详细讲述的必要，大家翻看一下《独秀文存》和《胡适文存》，便可看得出他们所主张的是什么。钱玄同和刘半农先生的文章没有收集印行，但在《新文学评论》（王世栋编，新文化书社出版）内可以找到，这是最便当的一部书，所有当时关于文学革命这问题的重要文章，主张改革和反对改革的两方面的论战文字，通都收进里面去了。

我已屡次地说过，今次的文学运动，其根本方向和明末的文学运动完全相同，对此，我觉得还须加以解释：

有人疑惑：今次的文学革命运动者主张用白话，明末的文学运动者并没有如此的主张，他们的文章依旧是用古文写作，何以二者会相同呢？我以为：现在的用白话的主张也只是从明末诸人的主张内生出来的。这意见和胡适之先生的有些不同。胡先生以为所以要用白话的理由是：

（1）文学向来是向着白话的路子走的，只因有许多障碍，所以直到现在才入了正轨，以后即永远如此。

（2）古文是死文字，白话是活的。

对于他的理由中的第（1）项，在第二讲中我已经说过：我的意见是以为中国的文学一向并没有一定的目标和方向，有如一条河，只要遇到阻力，其水流的方向即起变化，再遇到即再变。所以，如有人以为诗言志太无聊，则文学即转入"载道"的路，如再有人以为"载道"太无聊，则即再转而入于"言志"的路。现在虽是白话，虽是走着言志的路子，以后也仍然要有变化，虽则未必再变得如唐宋八家或桐城派相同，却许是必得对于人生和社会有好处的才行，而这样则又是"载道"的了。

对于其理由中的第（2）项，我以为古文和白话并没有严格的界限，因此死活也难分。几年前，曾有过一桩笑话：那时章士钊以为古文比白话文好，于是以"二桃杀三士"为例，他说这句话要用白话写出则必变为"两个桃子，害死了三个读书人"，岂不太麻烦么？在这里，首先他是将"三士"讲错了："二桃杀三士"为诸葛亮《梁父吟》中的一句，其来源是《晏子春秋》里边所讲的一段故事，三士所指原系三位游侠之士，并非"三个读书人"。其次，我以为这句话就是白话而不是古文。例如在我们讲话时说"二桃"就可以，不一定要说"两个桃子"，"三士"亦然。杀字更不能说是古文。现在所作的白话文内，除了"呢""吧""么"等字比较新一些外，其余的几乎都是古字，如"月"字从甲骨文字时代就有，算是一个极古的字了，然而它却的确没有死。再如"粤若稽古帝尧"一句，可以算是一句死的古文了，但其死只是由于字的排列法是古的，而不能说是由于这几个字是古字的缘故，现在，这句子中的几个字，还都时常被我们应用，那么，怎能算是死文字呢？所以文字的死活只因它的排列法而不同，其古与不古，死与活，在文字的本身并没有明了的界限。即在胡适之先生，他从唐代的诗中提出一部份认为是白话文学，而其取舍却没有很分明的一条线。即此可知古文白话很难分，其死活更难定。因此，我以为现在用白话，并不是因为古文是死的，而是尚有另外的理由在：

（1）因为要言志，所以用白话。——我们写文章是想将我们的思想和感情表达出来的，能够将思想和感情多写出一分，文章的艺术分子即加增一分，写出得愈多便愈好。这和政治家外交官的谈话不同，他们的谈话是以不发表意见为目的的，总是愈说愈令人有莫知究竟之感。我们既然想把思想和感情尽可能地多写出来，则其最好的办法是如胡适之先生所说的"话怎么说，就怎么写"，必如此，才可以"不拘格套"，才可以"独抒性灵"。比如，有朋友在上海生病，我们得到他生病的电报之后，即赶到东车站搭车到天津，又改乘轮船南下，第三天便抵上海。我们若用白话将这件事如实地记载出来，则可以看得出这是用最快的走法前去。从这里，我们和那位朋友间的密切关系，也自然可以看得出来。若用古文记载，势将怎么也说不对："得到电报"一句，用周秦诸子或桐城派的写法都写不出来，因"电报"二字找不到古文来代替，若说接到"信"，则给人的印象很小，显不出这事情的紧要来。"东车站"也没有适当的古文可以代替，若用"东驿"，意思便不一样，因当时驿站间的交通是用驿马。"火车""轮船"等等名词也都如此。所以，对于这件事情的叙述，应用古雅的文字不但达不出真切的意思，而且在时间方面也将弄得不与事实相符。又如现在的"大学"若写作古代的"成均"和"国子监"，则其所给予人的印象也一定不对。从这些简单的事情上，即可知道想要表达现在的思想感情，古文是不中用的。

我们都知道，作战的目的是要消灭敌人而不要为敌人所消灭，因此，选用效力最大的武器是必须的：用刀棍不及用弓箭，用弓箭不及用枪炮，只有射击力最大的才最好，所以现在都用大炮而不用刀剑。不过万一有人还能以青龙偃月刀与机关枪相敌，能够以青龙偃月刀发生比机关枪更大的效力，这当然是不可能的事了，但万一有人能够作到呢，则青龙偃月刀在现在也仍不妨一用的。文学上的古文也如此，现在并非一定不准用古文，如有人能用古文很明了地写出他的思想和感情，较诸用白话文字还能表现得更多更好，则也大可不必用白话的，然而谁敢说他能够这样做呢？

传达思想和感情的方法很多，用语言，用颜色，用音乐或文字都可以，本无任何限制。我自己是不懂音乐的，但据我想来，对于传达思想和感情，也许那是一种最便当，效力最大的东西吧，用言语传达就比较难，用文字写出更难。譬如我们有时候非常高兴，高兴的原因却有很多：有时因为考试成绩好，有时因为发了财，有时又因为恋爱的成功等等，假如对这种种事件都只用"高兴"的字样去形容，则各种高兴间不同的情形便表示不出，这样便是不得要领。所以，将我们的思想感情用文字照原样完全描绘出来，是一件很不容易的事。既很不容易而到底还想将它们的原面目尽量地保存在文字当中，结果遂不能不用最近于语言的白话。这是现在所以用白话的主要原因之一，而和明末"信腕信口"的主张，原也是同一纲领——同是从"言志"的主张中生出来的必然结果。唯在明末还没想到用白话，所以只能就文言中的可能以表达其思想感情而已。

　　向来还有一种误解，以为写古文难，写白话容易。据我的经验说却不如是：写古文较之写白话容易得多，而写白话则有时实是自讨苦吃。我常说，如有人想跟我学作白话文，一两年内实难保其必有成绩；如学古文，则一百天的功夫定可使他学好。因为教古文，只须从古文中选出百来篇形式不同格调不同的作为标本，让学生去熟读即可。有如学唱歌，只须多记住几种曲谱：如国歌，进行曲之类，以后即可按谱填词。文章读得多了，等作文时即可找一篇格调相合的套上，如作寿序作祭文等，通可用这种办法。古人的文字是三段，我们也作三段，五段则也五段。这样则教者只对学者加以监督，使学者去读去套，另外并不须再教什么。这种办法，并非我自己想出的，以前作古文的人们，的确就是应用这办法的，清末文人也曾公然地这样主张过，但难处是：譬如要作一篇祭文，想将死者全生平的历史都写进去，有时则限于古人文字中的段落太少而不能做到，那时候便不得不削足以适屦了。古文之容易在此，其毛病亦在此。

　　白话文的难处，是必须有感情或思想作内容，古文中可以没有这东西，而白话文缺少了内容便作不成。白话文有如口袋，装进什么东西去都可以，但不能任何东西不装。而且无论装进什么，原物的形状都可以显现得出来。古文有如一只箱子，只能装方的东西，圆东西则盛不下，而最好还是让它空着，任何东西都不装。大抵在无话可讲而又非讲不可时，古文是最有用的。譬如远道接得一位亲属写来的信，觉得对他讲什么都不好，然而又必须回覆他，在这样的时候，若写白话，简单的几句便可完事，当然是不相宜的，若用古文，则可以套用旧调，虽则空洞无物，但八行书准可写满。

（2）因为思想上有了很大的变动，所以须用白话。——假如思想还和以前相同，则可仍用古文写作，文章的形式是没有改革的必要的。现在呢，由于西洋思想的输入，人们对于政治，经济，道德等的观念，和对于人生，社会的见解，都和从前不同了。应用这新的观点去观察一切，遂对一切问题又都有了新的意见要说要写。然而旧的皮囊盛不下新的东西，新的思想必须用新的文体以传达出来，因而便非用白话不可了。

现在有许多文人，如俞平伯先生，其所作的文章虽用白话，但乍看来其形式很平常，其态度也和旧时文人差不多，然在根柢上，他和旧时的文人却绝不相同。他已受过了西洋思想的陶冶，受过了科学的洗礼，所以他对于生死，对于父子，夫妇等问题的意见，都异于从前很多。在民国以前的人们，甚至于现在的戴季陶张继等人，他们的思想和见地，都不和我们相同，按张戴的思想讲，他们还都是庚子以前的人物，现在的青年，都懂得了进化论，习过了生物学，受过了科学的训练，所以尽管写些关于花木，山水，吃酒一类的东西，题目和从前相似，而内容则前后绝不相同了。

附录一 论八股文

　　我查考中国许多大学的国文系的课程，看出一个同样的极大的缺陷，便是没有正式的八股文的讲义。我曾经对好几个朋友提议过，大学里——至少是北京大学应该正式地"读经"，把儒教的重要的经典，例如《易》《诗》《书》，一部部地来讲读，照在现代科学知识的日光里，用言语历史学来解释它的意义，用"社会人类学"来阐明它的本相，看它到底是什么东西，此其一。在现在大家高呼伦理化的时代，固然也未必会有人胆敢出来提倡打倒圣经，即使当日真有"废孔子庙罢其祀"的呼声，他们如没有先去好好地读一番经，那么也还是白呼的。我的第二个提议即是应该大讲其八股，因为八股是中国文学史上承先启后的一个大关键，假如想要研究或了解本国文学而不先明白八股文这东西，结果将一无所得，既不能通旧传统之极致，亦遂不能知新的反动之起源。所以，除在文学史大纲上公平地讲过之外，在本科二三年应礼聘专家讲授八股文，每周至少二小时，定为必修科，凡此课考试不及格者不得毕业。这在我是十二分地诚实的提议，但是，呜呼哀哉，朋友们似乎也以为我是以讽刺为业，都认作一种玩笑的话，没有一个肯接受这个条陈。固然，人选困难的确也是一个重要的原因，精通八股的人现在已经不大多了，这些人又未必都适于或肯教，只有夏曾佑先生听说曾有此意，然而可惜这位先觉早已归了道山了。

八股文的价值却决不因这些事情而跌落。它永久是中国文学——不，简直可以大胆一点说中国文化的结晶，无论现在有没有人承认这个事实，这总是不可遮掩的明白的事实。八股算是已经死了，不过，它正如童话里的妖怪，被英雄剁做几块，它老人家整个是不活了，那一块一块的却都活着，从那妖形妖势上面看来，可以证明老妖的不死。我们先从汉字看起。汉字这东西与天下的一切文字不同，连日本朝鲜在内：它有所谓六书，所以有象形会意，有偏旁；有所谓四声，所以有平仄。从这里，必然地生出好些文章上的把戏。有如对联，"云中雁"对"鸟枪打"这种对法，西洋人大抵还能了解，至于红可以对绿而不可以对黄，则非黄帝子孙恐怕难以懂得了。有如灯谜，诗钟。再上去，有如律诗，骈文，已由文字的游戏而进于正宗的文学。自韩退之文起八代之衰，化骈为散之后，骈文似乎已交末运，然而不然：八股文生于宋，至明而少长，至清而大成，实行散文的骈文化，结果造成一种比六朝的骈文还要圆熟的散文诗，真令人有观止之叹。而且破题的作法差不多就是灯谜，至于有些"无情搭"显然须应用诗钟的手法才能奏效，所以八股不但是集合古今骈散的菁华，凡是从汉字的特别性质演出的一切微妙的游艺也都包括在内，所以我们说它是中国文学的结晶，实在是没有一丝一毫的虚价。民国初年的文学革命，据我的解释，也原是对于八股文化的一个反动，世上许多褒贬都不免有点误解，假如想了解这个运动的意义而不先明了八股是什么东西，那犹如不知道清朝历史的人想懂辛亥革命的意义，完全是不可能的了。

其次，我们来看一看八股里的音乐的分子。不幸我于音乐是绝对的门外汉，就是顶好的音乐，我听了也只是不讨厌罢了，全然不懂它的好处在那里，但是我知道，中国国民酷好音乐，八股文里含有重量的音乐分子，知道了这两点，在现今的谈论里也就勉强可以对付了。我常想中国人是音乐的国民，虽然这些音乐在我个人偏偏是不甚喜欢的。中国人的戏迷是实在的事，他们不但在戏园子里迷，就是平常一个人走夜路，觉得有点害怕，或是闲着无事的时候，便不知不觉高声朗诵出来，是《空城计》的一节呢，还是《四郎探母》，因为是外行我不知道，但总之是唱着什么就是。昆曲的句子已经不大高明，皮簧更是不行，几乎是"八部书外"的东西，然而中国的士大夫也乐此不疲，虽然他们如默读脚本，也一定要大叫不通不止，等到在台上一发声，把这些不通的话拉长了，加上丝弦家伙，他们便觉得滋滋有味，颠头摇腿，至于忘形：我想，这未必是中国的歌

唱特别微妙，实在只是中国人特别嗜好节调罢。从这里我就联想到
中国人的读诗，读古文，尤其是读八股的上面去。他们读这些文章
时的那副情形大家想必还记得，摇头摆脑，简直和听梅畹华先生唱
戏时差不多，有人见了要诧异地问，哼一篇烂如泥的烂时文，何至
于如此快乐呢？我知道，他是麻醉于音乐里哩。他读到这一出股：
"天地乃宇宙之乾坤，吾心实中怀之在抱，久矣夫千百年来已非一
日矣，溯往事以追维，曷勿考记载而诵诗书之典要，"耳朵里只听
得自己的琅琅的音调，便有如置身戏馆，完全忘记了这些狗屁不通
的文句，只是在抑扬顿挫的歌声中间三魂渺渺七魄茫茫地陶醉着了。
（说到陶醉，我很怀疑这与抽大烟的快乐有点相近，只可惜现在还
没有充分的材料可以证明。）再从反面说来，做八股文的方法也纯
粹是音乐的。它的第一步自然是认题，用做灯谜诗钟以及喜庆对联
等法，检点应用的材料，随后是选谱，即选定合宜的套数，按谱填
词，这是极重要的一点。从前有一个族叔，文理清通，而屡试不售，
遂发愤用功，每晚坐高楼上朗读文章（《小题正鹄》？），半年后应
府县考皆列前茅，次年春间即进了秀才。这个很好的例可以证明八
股是文义轻而声调重，做文的秘诀是熟记好些名家旧谱，临时照填，
且填且歌，跟了上句的气势，下句的调子自然出来，把适宜的平仄
字填上去，便可成为上好时文了。中国人无论写什么都要一面吟哦
着，也是这个缘故，虽然所做的不是八股。读书时也是如此，甚至
读家信或报章也非朗诵不可，于此更可以想见这种情形之普遍了。

其次，我们再来一谈中国的奴隶性罢。几千年来的专制养成很顽固的服从与模仿根性，结果是弄得自己没有思想，没有话说，非等候上头的吩咐不能有所行动，这是一般的现象，而八股文就是这个现象的代表。前清末年有过一个笑话，有洋人到总理衙门去，出来了七八个红顶花翎大官，大家没有话可讲，洋人开言道"今天天气好"，首席的大声答道"好"，其余的红顶花翎接连地大声答道好好好……，其声如狗叫云。这个把戏是中国做官以及处世的妙诀，在文章上叫作"代圣贤立言"，又可以称作"赋得"，换句话就是奉命说话。做"制艺"的人奉到题目，遵守"功令"，在应该说什么与怎样说的范围之内，尽力地显出本领来，显得好时便是"中式"，就是新贵人的举人进士了。我们不能轻易地笑前清的老腐败的文物制度，它的精神在科举废止后在不曾见过八股的人们的心里还是活着。吴稚晖公说过，中国有土八股，有洋八股，有党八股，我们在这里觉得未可以人废言。在这些八股做着的时候，大家还只是旧日的士大夫，虽然身上穿着洋服，嘴里咬着雪茄。要想打破一点这样的空气，反省是最有用的方法，赶紧去查考祖先的窗稿，拿来与自己的大作比较一下，看看土八股究竟死绝了没有，是不是死了之后还是夺舍投胎地复活在我们自己的心里。这种事情恐怕是不大愉快的，有些人或者要感到苦痛，有如洗刮身上的一个大疗疮。这个，我想也可以各人随便，反正我并不相信统一思想的理论，假如有人怕感到幻灭之悲哀，那么让他仍旧把膏药贴上也并没有什么不可罢。

　　总之我是想来提倡八股文之研究，纲领只此一句，其余的说明可以算是多余的废话，其次，我的提议也并不完全是反话或讽刺，虽然说得那么地不规矩相。

附录二 沈启无选辑近代散文钞目录

上卷目次

叙陈正甫会心集（《解脱集》）

叙吕氏家绳集（《潇碧堂集》）

碧晖上人修净室引（《解脱集》）

满井游记（《瓶花斋集》）

高粱桥游记（《瓶花斋集》）

西湖一

西湖二

西湖三

西湖四

孤山

飞来峰

灵隐

龙井

烟霞石屋

南屏

莲花洞

御教场

吴山

云栖（以上录《解脱集》）

袁小修文钞

花雪赋引

淡成集序

阮集之诗序

宋元诗序

中郎先生全集序

西山十记（以上录《珂雪斋集选》）

钟伯敬文钞

诗归序

问山亭诗序

隐秀轩集自序

摘黄山谷题跋语记

自题诗后（以上录《翠娱阁评选钟伯敬先生合集》）

谭友夏文钞

诗归序（录《钟谭评选古诗归》）

袁中郎先生续集序（《谭友夏合集》）

虎井诗自题

自题西陵草

秋寻草自序

退寻诗三十二章记

客心草自序

自序游首集

自题湖霜草

自题秋冬之际草（以上录《谭子诗归》）

秋闺梦戍诗序（《媚幽阁文娱》）

刘同人文钞

水关

定国公园

三圣庵

满井

高粱桥

极乐寺

白石庄

温泉

水尽头

雀儿庵

西堤（以上录《帝京景物略》）

王季重文钞

落花诗序

倪翼元宦游诗序

南明纪游序（以上录《王季重杂著》）

游西山诸名胜记

游满井记

游敬亭山记

上君山记

再上虎丘记

游广陵诸胜记（以上录《文饭小品》）

纪游

东山

剡溪

天姥

华盖

石门

小洋（以上录《游唤》）

陈眉公文钞

文娱序（录《媚幽阁文娱》）

茶董小叙

酒颠小叙

牡丹亭题词

花史跋

游桃花记（以上录《晚香堂小品》）

李长蘅文钞

紫阳洞

云居寺

西泠桥

两峰罢雾图

法相寺山亭图

胜果寺月岩图

六和晓骑图

永兴兰若

冷泉红树图

断桥春望图

南屏山寺

雷峰暝色图

紫云洞

涧中第一桥

云栖晓雾图

烟霞春洞

江干积雪图

岣嵝云洞

孤山夜月图

三潭采莼图（以上录《西湖卧游图题跋一卷》）

张京元文钞

九里松

韬光庵

上天竺

断桥

孤山

苏堤

湖心亭

石屋

法相寺

龙井（以上录《湖上小记》）

倪元璐文钞

谑庵悔谑抄小引

祁止祥稿序

叙萧尔重盆园草（以上录《鸿宝应本》）

下卷目次

张宗子文钞

四书遇序

陶庵梦忆序

西湖梦寻序

夜航船序

一卷冰雪文后序（以上录《琅嬛文集》）

琅嬛诗集序（录《琅嬛诗集》）

岱志

海志

五异人传

自为墓志铭

跋寓山注二则

跋徐青藤小品画（以上录《琅嬛文集》）

金山夜戏

闵老子茶

湖心亭看雪

金山竞渡

姚简叔画

柳敬亭说书

彭天锡串戏

西湖七月半

庞公池

及时雨

龙山雪

张东谷好酒

阮圆海戏（以上录《陶庵梦忆》）

明圣二湖

大佛头

冷泉亭（以上录《西湖梦寻》）

沈君烈文钞

考卷帜序

赠偶伯瑞序

云彦小草叙

赠高学师叙（以上录《即山集》）

祭震女文（录《媚幽阁文娱》）

祁世培文钞

寓山注小序

水明廊

让鸥池

踏香堤

小斜川

芙蓉渡

回波屿

妙赏亭

远阁

柳陌（以上录《寓山注》）

金圣叹文钞

贯华堂古本水浒传序

水浒传序三（以上录七十回本《水浒传》）

论诗手札九则（录《贯华堂选批唐才子诗》甲集）

李笠翁文钞

　海棠

　芙蕖

　竹

　柳

　随时即景就事行乐之法十一款（以上录《笠翁偶集》）

廖柴舟文钞

　小品自序

　丁戌集自序

　选古文小品序

　自题刻稿

　自题竹籁小草

　半辐亭试茗记（以上录《二十七松堂文集》）

俞跋

后记

各家小传及书目介绍

外一篇

儿童文学小论

序

张一渠君是我在本省第五中学教书时候的同学。那时是
一九一三至一九一七年，一九一七年春季我来北京，以后没有
回去过，其时张君早已毕业出去了。一九三〇年冬忽然接到张
君来信，说现在上海创办儿童书局，专出儿童一切用书，叫我
给他帮忙。这事是我很愿意做的，因为供给儿童读物是现今很
切要的工作，我也曾想染指过的，但是教书的职业实在是忙似闲，
口头答应了好久，手里老是没有成绩，老实说，实在还未起手。
看看一九三一年便将完了，觉得这样迁延终不是事，便决心来
先编一小册子聊以塞责，待过了年再计划别的工作。写信告诉
张君，他也答应了，结果是这一册《儿童文学小论》。

这里边所收的共计十一篇。前四篇都是一九一三年至
一九一四年所作，是用文言写的。《童话略论》与《研究》写

成后没有地方发表，商务印书馆那时出有几册世界童话，我略加以批评，心想那边是未必要的，于是寄给中华书局的《中华教育界》，信里说明是奉送的，只希望他送报一年，大约定价是一块半大洋罢。过了若干天，原稿退回来了，说是不合用。恰巧北京教育部编纂处办一种月刊，便白送给他刊登了事，也就恝不续做了。后来县教育会要出刊物，由我编辑，写了两篇讲童话儿歌的论文，预备补白，不到一年又复改组，我的沉闷的文章不大适合，于是趁此收摊，沉默了有六七年。一九二〇北京孔德学校找我讲演，才又来饶舌了一番，就是这第五篇《儿童的文学》。以下六篇都是一九二二年至一九二四年中所写，从这时候起注意儿童文学的人多起来了，专门研究的人也渐出现，比我这宗"三脚猫"的把戏要强得多，所以以后就不写下去了。今年东方杂志的友人来索稿，我写了几篇"苦茶随笔"，其中第六则是介绍安特路阑（Andrew Lang）的小文，题名"习俗与神话"，预计登在三月号的《东方》之后再收到这小册里去，不意上海变作，闸北毁于兵火，好几篇随笔都不存稿，也无从追录，只好就是这样算了。

我所写的这些文章里缺点很多，这理由是很简单明显的，要研究讨论儿童文学的问题，必须关于人类学民俗学儿童学等有相当的修养，而我于此差不多是一个白丁，乡土语称作白木的就是，怎么能行呢？两年前我曾介绍自己说，"他原是水师出身，自己知道并非文人，更不是学者，他的工作只是打杂，砍柴打水扫地一类的工作。如关于歌谣童话神话民俗的搜寻，东欧日本希腊文艺的移译，都高兴来帮一手，但这在真是缺少人工时才行，如各门已有了专攻的人，他就只得溜了出来，另去做扫地砍柴的勾当去了。"所以这些东西就是那么一回事，本没有什么结集的价值，夫日月出矣而爝火不息，其于光也不亦难乎，这个道理我未尝不知道。然而中国的事情有许多是出于意外的。这几篇文章虽然浅薄，但是根据人类学派的学说来看神话的意义，根据儿童心理学来讲童话的应用，这个方向总是不错的，在现今的儿童文学界还不无用处。中国是个奇怪的国度，主张不定，反覆循环，在提倡儿童本位的文学之后会有读经——把某派经典装进儿歌童谣里去的运动发生，这与私塾读《大学》《中庸》有什么区别。所以我相信这册小书即在现今也还有他的用处，我敢真诚地供献给真实地顾虑儿童的福利之父师们。这是我汇刊此书的主要目的，至于敝帚自珍，以及应酬张君索稿的雅意，那实在还是其次了。一九三三年二月十五日，周作人序于北平。

童话略论

一 绪言

儿童教育与童话之关系，近已少少有人论及，顾不揣其本而齐其末，鲜有不误者。童话研究当以民俗学为据，探讨其本原，更益以儿童学，以定其应用之范围，乃为得之。聊举所知，以与留意斯事者一商兑焉。

二 童话之起原

童话（Märchen）本质与神话（Mythos）世说（Saga）实为一体。

上古之时，宗教初萌，民皆拜物，其教以为天下万物各有生气，故天神地祇，物魅人鬼，皆有定作，不异生人，本其时之信仰，演为故事，而神话兴焉。其次亦述神人之事，为众所信，但尊而不威，敬而不畏者，则为世说。童话者，与此同物，但意主传奇，其时代人地皆无定名，以供娱乐为主，是其区别。盖约言之，神话者原人之宗教，世说者其历史，而童话则其文学也。

故有同一传说，在甲地为神话者，在乙地则降为童话，大抵随文化之变而为转移，故童话者不过神话世说之一支，其流行区域非仅限于儿童，特在文明之国，古风益替，此种传说多为儿童所喜，因得藉以保存，然在农民社会流行亦广，以其心理单纯，同于小儿，与原始思想合也。或乃谓童话起原由于儿童好奇多问，大人造作故事以应其求，则是望文生义，无当于正解也。

三 童话之分类

童话大要可分为二部：

（一）纯正童话，即从世说出者，中分二类。

甲 代表思想者。多以天然物为主，出诸想像，备极灵怪，如变形复活等式皆是。又物源童话，说明事物原始，如猿何以无尾亦属之。

乙　代表习俗者。多以人事为主，亦极怪幻，在今日视若荒唐，而实根于原人之礼俗。如食人掠女诸式童话属之。

（二）游戏童话，非出于世说，但以娱悦为用者，中分三类。

甲　动物谈。模写动物习性动作，如狐之狡，狼之贪，各因其本色以成故事。

乙　笑话。多写人之愚钝刺谬，以供哄笑，如后世谐曲，越中有骇女婿故事，其说甚多。

丙　复叠故事。历述各事，或反复重说，渐益引长，初无义旨，而儿童甚好之，如英国"That is the House Jack Built"最有名，是盖介于儿歌与童话之间者，顾在乡村农民亦或乐此，则固未能谓纯属于儿童也。

四　童话之解释

童话取材既多怪异，叙述复单简，率尔一读，莫明其旨，古人遂以为荒唐之言，无足稽考，或又附会道德，以为外假谰言，中寓微旨，如英人之培庚，即其一人。近世德人缪勒（Max Müller）欲以语病说解之，亦卒不可通。英有安特路阑（Andrew Lang）始以人类学法治比较神话学，于是世说童话乃得真解。其意以为今人读童话不能解其意，然考其源流来自上古，又傍征蛮地，则土人传说亦有类似，可知童话本意今人虽不能知，而古人知之，文明人虽不能知，而野人知之，今考野人宗教礼俗，率与其所有世说童话中事迹两相吻合，故知童话解释不难于人类学中求而得之，盖举凡神话世说以至童话，皆不外于用以表见原人之思想与其习俗者也。

今如变形之事，童话中多有之。人兽易形，木石能言，事若甚奇，然在野人则笃信精灵，人禽木石，同具精气，形躯但为寄托之所，随意变化，正复当然，不足为异。他若杀人而食，掠女为妻，在野蛮社会中亦习见之事。童话又言帝王多近儿戏，王子牧豕于野，行人叩门，则王自倒屣启关，是亦非故为简单，求合于童心也，实则在酋长制度之下，其所谓元首之尊严，正亦不过尔尔。明于此，斯童话之解释不难了然矣。

五　童话之变迁

童话中事实既与民族思想及习俗相合，在当时人心固了不以为诡异，及文化上遂，旧俗渐革，唯在传说之中尚存踪迹，而时代邈远，忘其往昔，则以为异俗惊人，率加粉饰，遂至渐失本真，唯推原见始，犹不难知。童话中食人之习，其初本人自相食，渐变而为物彪，终复改为猛兽。又如物婚式童话，初为以兽偶人，次为物彪能幻为人者，终为本是生人，而以魔术诃禁，暂见兽形，复得解脱者。凡此皆应时饰意，以免骇俗，变迁之迹，至为显著者也。

故童话者，本于原始宗教以及相关之习俗以成，顾时代既遥，亦因自然生诸变化，如放逸之思想，怪恶之习俗，或凶残丑恶之事实，与当代人心相抵触者，自就删汰，以成新式。今之以童话教儿童者，多取材于传说，述而不作，但删繁去秽，期合于用，即本此意，贤于率意造作者远矣。

六　童话之应用

童话应用于教育，今世论者多称有益，顾所主张亦人人殊，今第本私意，以为童话有用于儿童教育者，约有三端。

（一）童话者，原人之文学，亦即儿童之文学，以个体发生与系统发生同序，故二者，感情趣味约略相同。今以童话语儿童，既足以厌其喜闻故事之要求，且得顺应自然，助长发达，使各期之儿童得保其自然之本相，按程而进，正蒙养之最要义也。

（二）凡童话适用，以幼儿期为最，计自三岁至十岁止，其时小儿最富空想，童话内容正与相合，用以长养其想像，使即于繁富，感受之力亦渐敏疾，为后日问学之基。

（三）童话叙社会生活，大致略具，而悉化为单纯，儿童闻之，能了知人事大概，为将来入世之资。又所言事物及鸟兽草木，皆所习见，多识名物，亦有裨诵习也。

以上三端，皆其显者，若寄寓训戒，犹为其次。德国学者以《狼与七小羊》（《格林童话集》第五篇）一话教母子相依之谊，不过假童话本事，引起儿童注意，暗示其理，若寓言之用，亦正在令人意会，后缀格言，犹为蛇足，以敷陈道理，非数岁儿童所能领解，兴趣又复索然，且将失其本来之价值也。

七　童话之评骘

民族童话大抵优劣杂出，不尽合于教育之用，当决择取之。今举其应具之点，约有数端：

（一）优美。以艺术论童话，则美为重，但其美不在藻饰而重自然，若造作附会，则趣味为之杀，而俗恶者更无论矣。

（二）新奇。此点凡天然童话大抵有之。

（三）单纯。单纯原为童话固有之德，其合于儿童心理者亦以此，如结构之单纯，脚色之单纯，（人地皆无定名）叙述之单纯，皆其特色。若事情复杂，敷叙冗长，又寄意深奥，则甚所忌也。

（四）匀齐。谓段落整饬，无所偏倚，若次序凌乱，首尾不称，皆所不取，故或多用楔子，以足篇幅，徒见杂糅，无所益也。

中国童话未经搜集，今所有者，出于传译，有《大拇指》及《玻璃鞋》为佳，以其系纯正童话，《无猫国》盛行于英，但犹《今古奇观》中"洞庭红"故事，实世说之流也。《大拇指》各国均有传说，《格林（Grimm）童话集》中第三十七及五十皆其一则，英国所传以市本（Chap-book）中所出一本为胜，多滑稽之趣。《玻璃鞋》者通称灰娘（"Cinderella"），其事皆根于上古礼俗，颇耐探讨，今所通用以法 Perault 所述本为最佳，华译删易过多，致失其意，如瓜车鼠马，托之梦中，老婆亦突然而来，线索不接，执鞋求妇，不与失履相应，则后之适合为无因，殊病支离也。此外中国史实，本非童话，但足演为传记故事，以供少年期之求，若陶朱公事，世故人情阅历甚深，顾幼儿不能解，且其气分郁塞，无愉快之气，亦非童话之所宜也。

八　人为童话

天然童话亦称民族童话，其对则有人为童话，亦言艺术童话也。天然童话者，自然而成，具种人之特色，人为童话则由文人著作，具其个人之特色，适于年长之儿童，故各国多有之。但著作童话，其事甚难，非熟通儿童心理者不能试，非自具儿童心理者不能善也。今欧土人为童话唯丹麦安兑尔然（Andersen）为最工，即因其天性自然，行年七十，不改童心，故能如此，自郐以下皆无讥矣。故今用人为童话者，亦多以安氏为限，他若美之诃森（Hawthorne）等，其所著作大抵复述古代神话，加以润色而已。

九　结论

上来所述，已略明童话之性质，及应用于儿童教育之要点，今总括之，则治教育童话，一当证诸民俗学，否则不成为童话，二当证诸儿童学，否则不合于教育，且欲治教育童话者，不可不自纯粹童话入手，此所以于起原及解释不可不三致意，以求其初步不误者也。

童话研究

一

童话（Märchen）之源盖出于世说（Saga），惟世说载事，信如固有，时地人物，咸具定名，童话则漠然无所指尺，此其大别也。生民之初，未有文史，而人知渐启，监于自然之神化，人事之繁变，辄复综所征受，作为神话世说，寄其印感，迨教化迭嬗，信守亦移，传说转昧，流为童话。征诸上国，大较如是，而荒服野人，闻异邦童话，则恒附以神人之名，录为世说用之。二者之间，本无大埂，惟以化俗之殊，乃生转移而已。

故今言童话，不能不兼及世说，而其本原解释则当于比较神话学求之。自文教大敷，群俗悉革，及今而闻在昔之谭，已谊与时湮，莫得通释，西方学者多比附事实，或寻绎语源，求通其指，而涂附之说，适长歧误，及英人安特路阑出，以人类学法为之比量。古说荒唐，今昧其意，然绝域野人，独能领会，征其礼俗，诡异相类，取以印证，一一弥合，乃知神话真诠，原本风习，今所谓无稽之言，其在当时，乃实文明之信史也。

原始文明之见于神话者，大较二本。一本于思想，一本于制度，二者亦复交互出入。原人之教多为精灵信仰（Animism），意谓人禽木石皆秉生气，形躯虽异，而精魂无间，能自出入，附形而止，由是推衍，生神话之变形式。人兽一视，而物力尤暴，怨可为敌，恩可为亲，因生兽友及物婚式。崇兽为祖，立图腾之制，其法不食同宗之兽，同徽为妃，法为不敬，男子必外婚，以劫夺为礼，因生盗女式。复次，形神分立，故躯体虽殒，招魂可活，因生回生式，而藏魂及生死符诸式隶之。又以联念作用，虚实相接，斯有感应魔术，能以分及全，诅爪发呼名氏而贼其身，因生禁名式。传家以幼，位在灶下，因生季子式。异族相食，因生食人式，用人祭鬼，亦多有之。以上所言，皆其荦荦大者，足见一例，若详细疏引，则更仆不能尽也。

又如童话（及在世说中）言帝王之事，虽状至尊严，而躬亲操作，不异常人。希腊史诗《阿迭塞亚》（Odysseia）记王与牧人为友，门前即为豕苙，阿迭修思至代该亚之岛，则见王女浣衣河干。格林所集童话，亦有云，昔在此乡，有小王数人，散居山陂间。依此数例，部落遗风，约略可见，所谓王者实即酋长，且王女下嫁，及于厮养，位不传子而归赘婿，斯与母统时代婚姻嗣续之法，正相合也。

凡童话言男子求婚，往往先历诸难而后得之，末复罗列群女，状貌如一，使自辨别。今世亦故有此习，匈加利乡曲婚夕，新妇偕二女伴匿帷后，令男子中之，法国罗梭之地亦然，马来埃及苏鲁诸国皆有此俗。其意本非相难，但故为迷乱，俾不得猝辨。盖古人初旨，男女姘合，谊至神秘，故作此诸仪式，以禳不若，如今欧俗新妇成礼，多从女伴，正其遗风，越中亦犹有伴姑之名。

又童话多言劫女事，则上古盗婚之遗。所言皆具人形，而非异物，故与物婚式殊类。其人率为巨人，或枳首一目而止，日耳曼童话多言侏儒，法英诸邦则有地中人曰咈黎（Faerie），爱尔兰人讳其名曰善人，皆能取人间子女，顾案其实，乃不过昔之胜民，或为异族。希腊诃美洛斯（Homeros 或译荷马）诗中有赖尸屈列刚，居夜半日出之地者，实北欧之先民也。盖异族逼处，各怀畏心，而胜民窜迹于深密之地，状至委琐，洎夫时异境迁，记忆转晦，传说古事，但存仿佛，故强者有若巨人，弱者有若侏儒，附会神怪，爰成此说。中国童话虽鲜有此，然《山经》所记多有三身一臂之民，亦此意也。

二

今将就中国童话，少加证释，以为实例。第久经散逸，又复无人采辑，几将荡然，故今兹所及，但以儿时所闻者为主，虽止一二丛残之作，又限于越地，深恨阙漏，然不得已，尚期他日广搜遍集，更治理之耳。

越童话有蛇郎者，略云：樵人有三女，一日入山，问女所欲，幼者乞得鲜花一枝，樵方折华，乃遇蛇郎，言当以一女见妻，否则相噬。季女请往，他日其姊造访，妒其富美，诱使窥池，溺而杀之，自以身代。女死化为鸟，（越俗名清水鸟，多就清水池取虫蛆为食）哀鸣树间，姊复杀之，（一作溺泔水缸中死之）埋诸园中，因生枣木。蛇郎食之，其实甚甘，姊若取啖，皆化毛虫，乃伐以为灶下榾。蛇郎用之甚适，姊坐辄蹶，又碎而然之，木乃暴裂，中姊之目，遂矐。（一作火发烂姊手遂废）

案此犹欧洲童话之《美与兽》一类，所谓物婚式也。蛮荒之民，人兽等视，长蛇封豕，特人之甲而毛者，本非异物，故昏媾可通，况图腾之谊方在民心，则于物婚之事，纵不谓能见之当世，若曰古昔有之，斯乃深信不疑者也。东方之俗，有凭托术数，以人配鸟或树，用为诃禁者，如印度人所为，谓能厌丧偶，正古风之留遗也。

物婚式童话最为近纯，其中兽偶，皆信为异类。北美土人传说，多有妇人与蛇为匹，极地居人亦言女嫁蜻蜓事，其关于图腾起原者传说尤众。中国所传盘瓠之民，即其一例。迨及后世，渐见修饰，则其物能变形为人，或本为人类而为魔术所制者，西方《美与兽》之说，为其第三类，盖其初为物，次为物彪，又次为人，变化之迹，大较如此也。

此式童话中，多具折华一节，盖亦属于禁制（Tabu），又以草木万物皆有精灵，妄肆摧折，会遭其怒，故野人获兽，必祝其鬼，或诿咎于弓矢，伐木则折枝插地，代其居宅，俾游魂有依，不为厉也，于此仿佛可见遗意。

化鸟一节，多见之故妻式童话中，大都由人以术化女为鸟或鱼鹿等，而自代之，其人率为妖巫，或为后母，或为女姊，鸟自鸣冤，复得解脱，置罪人于法。新希腊一说，有奴溺女于井，化而为鳝，奴伪为主妇，取鳝杀之，弃骨园中，化为柠檬，复伐作薪，木语老仆，以株击上下，女得更生，此与回生式中埃及之兄弟传说近似，惟男女易性而已。

易女之事，亦可以实例明之。原民婚礼，夫妇幽会，不及明而别，至生子乃始相见，欧土乡曲亦有新婚之夕不相觌面者，中国新妇之绛巾，亦其遗意。童话中如希腊之《爱与心》（见亚普刘思著《变形记》卷四至六）亦言女不守约，中夜然火窥夫，遂即离散，所谓破禁式者，即由此意。由是推引，故合昏既久而中道代易，弗及觉察，正为常事。蛇郎以姊大足而面多瘢痕为怪，姊诡言由于操作及枕麻袋故尔，则殆后世夸饰。盖世说之初，以宗教族类之关系，务主保守，故少变易，迨为童话，威严已去，且文化转变，本谊渐晦，则率加以润色，肆意增削缘附以为诠释，此童话分子之所以杂糅也。

童话述兄弟或姊妹共举一事，少者恒成，或独贤良，说者谓长兄既先尝试，相继败绩，终及少子，故必成事，此或行文之法使尔，然征诸史事，乃别有故。欧洲中世有所谓季子权者，法以末子传家，无子则传末女，英国十三世纪时犹有行者，东方鞑靼诸族亦有此制。论者谓诸子既长，出为公民，不复数为家人，故以幼子承业，若人情之爱少子，盖亦为之傅助，以成此俗，今遗迹之见于童话者，人称季女式，（或季子式）蛇郎亦其一也。

国民传说虽与民歌异格，而杂用韵语者亦多有之，盖叙说之中，意有特重，则出以歌吟，如蛇郎欲得樵人女，长姊皆不可，季曰，不可吞爹吃，宁可嫁蛇郎，是也。此他尚有数语，皆为其例，亦有方言未见正字，而精意所在，不可移易，但应疏注而存之者，此采录童话者所应将意也。

三

又有老虎外婆者，略云：母有二女，一日宁家，因止宿焉。夕有虎至，伪言母归，及夜共卧，即杀幼女食之，长女闻声询其何作，曰方食鸡骨头糕干也，女乞分啖，乃掷一指予之，女惧谋逸，诡言欲溲，便命溺被中，女诮以被冷，乃索足带牵之，女以带端系溺器盖上，登树匿，虎曳带不见有人，乞猿往捕，猿堕地死，卒不能得。（江西一说为猩猩，而无使猿捕女事）

案此为食人式之一例。希腊史诗言阿迭修斯遇圜目之民，其事最著。异族相食，本于蛮荒习俗，人所共知，其原由于食俭，或雪愤报仇，又因感应魔术，以为食其肉者并有其德，故敢啖之，冀分死者之勇气，今日本俗谓妊娠者食兔肉令子唇缺（《博物志》亦云）越俗亦谓食羊蹄者令足健，食羊睛可以愈目疾，犹有此意也。

童话中食人者多为厉鬼，或为神自吞其子，今所举者则为妖巫类。上古之时，用人以祭，而巫觋承其事，逮后淫祀虽废，传说终存，遂以食人之恶德属于巫师，（食人之国祭后巫医酋长分胙各得佳肉）故今之妖媪，实古昔地母之女巫，欧洲中世犹信是说，谓老妪窃食小儿，捕得辄焚杀之，与童话所言，可相印证。俄国童话则别称巴巴耶迦（Baba yaga），居鸡脚舍中，日本曰山姥，亦云山母，皆为丑媪，未尝异人，老虎外婆正亦此类，惟以奇俗骇人，因傅兽名，殆非原谊。越中一说有称野扁婆者，未详其意，但亦人类，不言有毛。老虎外婆中言女欲秉火出迎，虎止勿须，坐瓮上，藏其尾，又卧时女怪其毛毨毨然，虎以被裘自解，恐皆后出，以为前言文饰者也。

日本肥后天草岛亦有一说，言有三子，名豆大豆次豆三，山姥入其家，夜取豆三啖之，问何声响，答曰食泽庵渍芦菔也，又索食，亦予一指，二人思遁，豆次言欲溺，山姥令溺庭间，（方言谓室中泥地）曰恐为庭神所怒，遂得脱，匿井边桃树上，山姥窥水见影，追之，坠地而死。其后又言坠处适在荞麦田中，流血渍麦，故荞麦之壳至今赤色，则转为物原传说，但论大体与老虎外婆甚肖，虑非孤生也。山姥而外，犹有山男山女诸名，然皆不为害，其食人者，惟妖鬼与媪而已。（北欧俗忌晨出遇老妪以为不祥）

国民传说，原始之时类甚简单，大抵限于一事，后渐集数式为一，虽中心同意，而首尾离合，故极其繁变，如上举二式，同为食人，节目亦近，而终乃变异，一为物原传说，一为动物故事，可以见矣。老虎外婆令猿追女，猿以绳绕颈，缘树而上，女惶迫溺下，猿呼热，虎误解为曳，（热曳越音相近）即曳其绳，猿遂缢死，其结束重在猿虎因缘，与老虎怕漏同，此特多滑稽之趣而已。

老虎怕漏者，有虎入人家，闻二人言，甲云虎可畏，乙云漏尤可畏。时方有盗马者来，见虎误为马，跨之而去，虎以为漏也，亦大惧，天明始知，盗避树上，虎偕猿来，亦不胜而死。日本大隅传说，与此相同，惟云主人见虎误为马逸，追之入山，闻败庙中有声，探得猿尾，力拔之，尾绝，故今猿皆赤臀。童话中猿虎事常相因，老虎外婆篇中饰人为虎，因袭屋漏中猿事入之，虑非其所故有者也。

以上所言，但就一二越中童话，少加解绎，以为一例。传说残阙，鲜可征对，但据一见以为听断，荒落之处，盖无可免。其次，童话亦函动物故事（略如寓言而不必含有义训者）笑谈（如越中所传呆女婿故事）诸体，第其本事非根民俗，无待征证而后明憭，故不具论，又若世说，当别考索，兹亦不及也。

四

依人类学法研究童话，其用在探讨民俗，阐章史事，而传说本谊亦得发明，若更以文史家言治童话者，当于文章原起亦得会益。盖童话者（兼世说）原人之文学，茫昧初觉，与自然接，忽有感婴，是非畏懔即为赞叹，本是印象，发为言词，无间雅乱，或当祭典，用以宣诵先德，或会闲暇，因以道说异闻，已及妇孺相娱，乐师所唱，虽庄愉不同，而为心声所寄，乃无有异，外景所临，中怀自应，力求表见，有不能自己者，此固人类之同然，而艺文真谛亦即在是，故探文章之源者，当于童话民歌求解说也。

民歌（Ballade）者盖与童话同质，特著以韵言，便于歌吟，其变则有史诗（Epos），犹世说之与童话，四者类似而复差别，介其间者曰歌传（Cante fable），歌谣陈说互相间隔，（中国所行市本仿佛似之又传奇院本起原疑亦与此相关）殆童话之中，多入韵语，或民歌转变，将为散文而未成者也。史诗世说，大都篇章长广，词旨庄重，所叙率神祇帝王及古英雄事迹，（亦有说山川城塞诸故事者）上古王侯长老之所信守，（神话学上称高级神话）民歌童话则皆简短，记志物事，飘忽无主，齐民皆得享乐，为怡悦之资，（称亚级神话）其在文学，则一为古之史册，一为古之诗词，后世著作皆承此出。今之文史，于各国史诗及北方世说，加以论录，而其余盖阙，近世乃有征引民歌以明诗之本原者，其在童话正无所异，或称之为小说之胚胎，殆至当也。

童话取材大旨同一，而以山川风土国俗民情之异，乃令华朴自殊，各含其英，发为文学，亦复如此，可一一读而识之。如爱兰童话，率美艳幽怪，富于神思，斯拉夫居阴寒之地，所言深于迷信，懵烈可怖，与南方法伊之国多婉冶之思者殊矣。东方思想秾郁而夸诞，传叙故极曼衍，如《一千一夜》（通俗称为天方夜谈）之书可见，多岛海童话亦优美多诗味，马达斯加所传，特极冗长，在虾夷澳洲诸族，则以简洁胜，莽民及蔼思吉摩文化疏末，犹近古石器时代，凡所著述亦最近自然。日本文教虽承中国之流，而其民爱物色，多美感，洒脱清丽，故童话亦幽美可赏，胜于华土，与他艺术同也。

童话作于洪古，及今读者已昧其指归，而野人独得欣赏。其在上国，凡乡曲居民及儿童辈亦犹喜闻之，宅境虽殊而精神未违，因得仿佛通其意趣。故童话者亦谓儿童之文学。今世学者主张多欲用之教育，商兑之言，扬抑未定：扬之者以为表发因缘，可以辅德政，论列动植，可以知生象，抑之者又谓荒唐之言，恐将增长迷误，若姑妄言之，则无异诏之以面谩。顾二者言有正负，而于童话正谊，皆未为得也。

盖凡欲以童话为教育者，当勿忘童话为物亦艺术之一，其作用之范围，当比论他艺术而断之，其与教本，区以别矣。故童话者，其能在表见，所希在享受，搅激心灵，令起追求以上遂也。是余效益，皆为副支，本末失正，斯昧其义。有若传奇，亦艺文之一，以其景写人生，故可假以讨论世故（即社会剧）或以扬榷国闻，然必首具文德，乃始可贵，不然则但得比于常谈，盖喻道益智，未为尽文章之能事也。

童话之用，见于教育者，为能长养儿童之想像，日即繁富，感受之力亦益聪疾，使在后日能欣赏艺文，即以此为之始基，人事繁变，非儿童所能会通，童话所言社会生活，大旨都具，而特化以单纯，观察之方亦至简直，故闻其事即得憭知人生大意，为入世之资。且童话多及神怪，并超逸自然不可思议之事，是令儿童穆然深思，起宗教思想，盖个体发生与系统发生同序，儿童之宗教亦犹原人，始于精灵信仰，渐自推移，以至神道，若或自迷执，或得超脱，则但视性习之差，自定其趋。又如童话所言实物，多系习见，用以教示儿童，使多识名言，则有益于诵习，且以多述鸟兽草木之事，因与天物相亲，而知自然之大且美，斯皆效用之显见者也。

又童话于人地时三者皆无限制，且不著撰述名字，凡所论述，悉本客观，于童蒙之心正相遥应，逮知虑渐周，能于文字之中领略著者特性，则有人为童话（与自然童话对）承其乏，如丹麦安兑尔然所著，或葺补旧闻，或抽发新绪，凡经陶冶，皆各浑成，而个性自在，见于行间，盖以童话而接于醇诗者，故可贵也。

综上所言，足知童话者，幼稚时代之文学，故原人所好，幼儿亦好之，以其思想感情同其准也。今之教者，当本儿童心理发达之序，即以所固有之文学（儿歌童话等）为之解喻，所以启发其性灵，使顺应自然，发达具足，然后进以道德宗信深密之教，使自体会，以择所趋，固未为晚，若入学之初，即以陈言奥义课六七岁之孺子，则非特弗克受解，而聪明知力不得其用，亦将就于废塞，日后诱掖，更益艰难，逆性之教育，非今日所宜有也。

中国童话自昔有之，越中人家皆以是娱小儿，乡村之间尤多存者，第未尝有人采录，任之散逸，近世俗化流行，古风衰歇，长者希复言之，稚子亦遂鲜有知之者，循是以往，不及一世，澌没将尽，收拾之功，能无急急也。格林之功绩，莆勒贝尔（Fröbel）之学说，出世既六十年，影响遍于全宇，而独遗于华土，抑何相见之晚与。

古童话释义

　　中国自昔无童话之目，近始有坊本流行，商务童话第十四篇《玻璃鞋》发端云，"《无猫国》是诸君的第一本童话，在六年前刚才发现，从此诸君始识得讲故事的朋友，《无猫国》要算中国第一本童话，然世界上第一本童话要推这本《玻璃鞋》，在四千年前已出现于埃及国内"云云，实乃不然，中国虽古无童话之名，然实固有成文之童话，见晋唐小说，特多归诸志怪之中，莫为辨别耳。今略举数例，附以解说，俾知其本来意旨，与荒唐造作之言，固自有别。用童话者，当上采古籍之遗留，下集口碑所传道，次更远求异文，补其缺少，庶为富足，然而非所可望于并代矣。

其一　吴洞

"南人相传，秦汉间有洞主吴氏，土人呼为吴洞，娶两妻。一妻卒，有女名叶限，少慧，善淘金，父爱之，未几父卒，为后母所苦，常令樵险汲深。时尝得一鳞，二寸余，赪鬐金目，遂潜养于盆水，日日长，易数器，大不能受，乃投于后池中。女所得余食辄沉以食之。女至池，鱼必露首枕岸，他人至不复出，其母知之，每伺之，鱼未尝见也。因诈女曰，尔无劳乎，吾为尔新其襦，乃易其敝衣，令汲于他泉，计里数里也，母徐衣其女衣，袖利刃，行向池呼鱼，鱼即出首，即斫杀之。鱼已长尺余，膳其肉，味倍常鱼，藏其骨于郁栖之下。逾日，女至向池，不复见鱼矣，乃哭于野，忽有人披发粗衣，自天而降，慰女曰，尔无哭，尔母杀尔鱼矣，骨在粪下，尔归可取鱼骨，藏于室，所须第祈之，当随尔也。女用其言，金玑衣食随欲而具。及洞节，母往令女守庭果，女伺母行远，亦往，衣翠纺上衣，蹑金履，母所生女认之，谓母曰，此甚似姊也。母亦疑之，女觉，遽反，遂遗一只履，为洞人所得。母归，但见女抱庭树眠，亦不之虑。其洞邻海岛，岛中有国名陀汗，兵强，王数十岛，水界数千里，洞人遂货其履于陀汗国。国主得之，命其左右履之，足小者履减一寸，乃令一国妇人履之，竟无一称者。其轻如毛，履石无声。陀汗王意其洞人以非道得之，遂禁锢而拷掠之，竟不知所从来，乃以是履弃之于道旁，即遍历人家捕之，若有女履者，捕之以告。陀汗王怪之，乃搜其室，得叶限，令履之而信。叶限因衣翠纺衣，蹑履而进，色若天人也。始具事于王，载鱼骨与叶限俱还国，其母及女即为飞石击死，洞人哀之，埋于石坑，命曰懊女冢。洞人以为禖祀，求女必应。陀汗王至国，以叶限为上妇。一年，王贪求祈于鱼骨，宝玉无限，逾年不复应，王乃葬鱼骨于海岸，用珠百斛藏之，以金为际。至征卒叛时，将发以赡军，一夕为海潮所沦。成式旧家人李士元所说，士元本邕州洞中人，多记得南中怪事。"

按右《支诺皋》所载，在世界童话中属灰娘式。坊本《玻璃鞋》即其一种，辛特利者译言灰娘，今叶限之名谊虽不详，然其本末则合一也。中国童话当以此为最早。埃及传说今存者八篇未见此事，二世纪时埃利阿诺著史，中曾言希腊妓罗陀比思浴川中，其屦为鹰衔去，坠埃及王怀中，物色得之为妃，略近似耳。今世流传本始为法人贝洛尔所录，在十七世时，故柯古此篇应推首唱也。

此类童话中，恒有一物阴为女助，如牛马鸟蛇等，今则为一鱼。在蛮荒传说，其物即为女母，或母死后所化，或墓上物，盖太初信仰，物我等视，异类相偶，常见其说，灵魂不灭，易形复活，不昧前因，佑其后世，此第二说之所本也。逮文化渐进，以异闻骇俗，则为之删改，如德国灰娘中，女以母墓木上白鸽之助，得诸衣饰，法国为女之教母，乃神女也。《玻璃鞋》本其说而线索中脱，乃觉兀突，吴洞之鱼当为母所化，观后母之刻意谋杀可见，否者或以图腾意谊，与死者有神秘之关系，而原本缺之，殆前传闻异词之故与。

执履求女，各本皆同，其履或丝或金，或为玻璃，亦有以金环或一缕发为证，物色得之者。感应魔术有以分及全之法，凡得人一物者，即得有其一身，故生此式，又其发者以表颜色之美，其环或履者，以表手足之美，初无所异，埃及王得履，令求主者，曰履主必美妇人，以有是美足也。吴洞述求女及禁治洞人，又祈鱼骨等，事较繁细，盖传说交错，非粹纯童话，当系本土世说，而柯古杂述之者耳。

其二　旁㐌

"新罗国有第一贵族金哥，其远祖名旁㐌。有弟一人，甚有家财，其兄旁㐌因分居，乞衣食。国人有与其隙地一亩，乃求蚕谷种于弟，弟蒸而与之，㐌不知也。至蚕时，有一蚕生焉，日长寸余，居旬大如牛，食数树叶不足，其弟知之，伺间杀其蚕。经日四方百里内蚕飞集其家，国人谓之巨蚕，意其蚕之王也，四邻共缫之不尽。谷唯一茎植焉，其穗长尺余，旁㐌守之，忽为鸟所折衔去，旁㐌逐之，上山五六里，鸟入一石罅，日没径黑，旁㐌因止石侧。至夜半月明，见群小儿赤衣共戏，一小儿云，尔要何物。一曰，要酒。小儿露一金锥子击石，酒及尊悉具。一曰，要食。又击之，饼饵羹炙罗于石上。良久，饮食而散，以金锥插于石罅。旁侂大喜，取其锥而还，所欲随击而办，因是富侔国力，常以珠玑赠其弟。弟方始悔其前所欺蚕谷事，仍谓旁侂试以蚕谷欺我，我或如兄得金锥也。旁侂知其愚，谕之不及，乃如其言。弟蚕之，止得一蚕，如常蚕。谷种之，复一茎，植焉，将熟，亦为鸟所衔，其弟大悦，随之入山，至鸟入处，遇群鬼怒曰，是窃余金锥者。乃执之，谓曰，尔欲为我筑糠三板乎，欲尔鼻长一丈乎。其弟请筑糠三板，三日饥困不成，求哀于鬼，乃拔其鼻，鼻如象而归。国人怪而聚观之，惭恚而卒。其后，子孙戏击锥求狼粪，因雷震，锥失所在。"

右亦《支诺皋》所载，此类童话多出一型，大抵一人得利，他人从而效之，乃至失败，颇有滑稽之趣。日本童话有《舌切雀》，言翁媪畜一雀，一日雀食浆衣粉糊，媪剪其舌斥之去，翁归往寻之，至雀居，大见款待，临行以葛笼为赠，翁择其轻者，中皆珍宝，媪欣羡亦往，负重者归，半途笼启，妖魔悉出，惊恐逃回，改行为善。此他又有《花笑翁》及《瘤取》皆近似，而《瘤取》一篇尤妙。有翁病瘤，入山樵采，遇大风雨，匿树穴中，及雨霁忽闻人声，有鬼方酒宴，翁为所见，出而跳舞，鬼大悦，命次日更来，取其瘤为质。邻翁亦有瘤，明日往舞甚拙，鬼怒，以瘤加其颊，乃负两瘤而归。与旁侂弟之鼻长一丈，皆多谐趣，可相仿佛也。

越中童话亦有雀折足一篇云，有媪见雀折足坠地，养之及愈纵去，雀衔南瓜子一粒来，媪种之，结一瓜，剖之皆黄金。邻媪折雀足，亦养之，雀报以瓜子，亦得一实，内乃粪秽。仿佛有彰善瘅恶之思，意东亚受佛教影响，故为独多，如衔环赠珠之类，见诸传记。欧洲亦有此式童话，大抵用诸季女式中，鲜有以翁媪作主人者，或亦因思想之异，东方固多趣于消极与。

旁皃金锥为民俗中习见之物，中国俗信如意聚宝盆，正其著例。儿时闻童话，有石臼投物其中，越夕辄满，一夕邻妇误以鸡笼置臼上，粪屑坠落，次日臼满鸡粪，后遂不验。各国传说，或案或磨或箱不一，率能随意取物，用之不竭，盖原人所求首在衣食，而得滋不易，自尔生此思想。日本财神大黑天手持小槌，正与金锥类，又狂言《鬼之槌》一篇中，亦言鬼有隐身蓑笠及小槌，可如意求酒食也。

其三 女雀

"姑获鸟，夜飞昼藏，盖鬼车类，衣毛为飞鸟，脱毛为女人。名为天帝少女，一名夜行游女，一名钩星，一名隐飞鸟。无子，喜取人子养为子，人养小儿不可露其衣，此鸟度即取儿也，以血点其衣为验，故世人名为鬼鸟。昔豫章男子见田中有六七女人，不知是鸟，匐匍往，先得其所解毛衣藏之，即往就诸鸟，诸鸟各走就毛衣，衣之飞去，一鸟独不得去，男子取以为妇，生三女。其母后令女问父，知衣在积稻下，取衣飞去，后以衣迎三女，三女得衣，亦飞去。"

右见郭氏《玄中记》《太平御览》所引《搜神记》同，但作豫章新喻县，又《水经注》引《玄中记》，阳新男子于水次得女雀，遂与共居，生二女，悉衣羽而去。日本《近江风土记》载，近江男子伊香刀美见八天女浴川中，潜取羽衣一枚藏之，女遂留为夫妇，后得衣飞去。欧洲有鹄女传说，大致相同。其根本思想即出于精灵信仰及感应魔术，盖形隔神通，故人兽可接，衣入人手则去住因之。或言古人多信怪鸟，因生此想，观上言姑获鸟信仰可见。然此种传说不仅限于鸟类，多有走兽鳞介化为人者，大抵原出于一，第以风土所习，斯生变化，山居者言禽，水居者言鱼，就各所见者而已。且审《玄中记》鬼鸟似别一事，殆因衣毛为飞鸟，脱毛为女人二语，而联引言之。今绍兴亦忌小儿衣夜露，谓九头鸟过颈血滴衣，令儿夭殇，即所云以血点其衣为验。日本亦谓常令儿夜啼，但不言何鸟，故意鬼鸟与豫州女雀传说未必相涉也。

越中又有螺女传说，言有农人畜田螺于缸中，每自田间归，则饮食毕具，异而伺之，有女自缸中出，为洒扫作食，既为所见，遂留不去，今儿歌尚有"嚛嚛嚛，你那娘个田螺壳"之句，此即介类为人者也。此类童话，初由人力作合，而实有无限之势力隐伺其后，如失衣而女住，得衣而女去。盖民俗学中禁制，其律本于宗教，设立约束，逾越则败，中国有破法之说，殆亦其一例与。

　　此外尚有马头娘，槃瓠，又刘阮天台，烂柯诸事，皆属世说范围，故今不及论焉。其言童话种类及与教育之关系，可检《童话略论》诸篇也。

儿歌之研究

　　儿歌者，儿童歌讴之词，古言童谣。《尔雅》，"徒歌曰谣"。《说文》，昝注云，"从肉言，谓无丝竹相和之歌词也。"顾中国自昔以童谣比于谶纬，《左传》庄五年杜预注，"童龀之子，未有念虑之感，而会成嬉戏之言，似或有冯者，其言或中或否，博览之士，能惧思之人，兼而志之，以为鉴戒，以为将来之验，有益于世教。"又论童谣之起原，《晋书·天文志》，"凡五星盈缩失位，其精降于地为人，荧惑降为童儿，歌谣游戏，吉凶之应，随其众告。"又《魏书·崔浩传》，"太史奏荧惑在匏瓜星中，一夜忽然亡失，不知所在，或谓下入危亡之国，将为童谣妖言。"《晋书·五行志》且记事以实之。（以荧惑为童谣主者，盖望文生义，名学所谓"丐词"也。）自来书史纪录童谣者，率本此意，多列诸五行妖异之中。盖中国视童谣，不以为孺子之歌，而以为鬼神冯托，如乩卜之言，其来远矣。

占验之童谣，实亦儿歌之一种，但其属词兴咏，皆在一时事实，而非自然流露，泛咏物情，学者称之曰历史的儿歌。日本中根淑著《歌谣字数考》，于子守歌外别立童谣一门，其释曰，"支那周宣王时童女歌，檿弧箕服，实亡周国，为童谣之起原，在我国者以《日本纪》中皇极纪所载歌为最古，次见于齐明天智等纪，及后世记录中。其歌皆咏当时事实，寄兴他物，隐晦其词，后世之人鲜能会解。故童谣云者，殆当世有心人之作，流行于世，驯至为童子之所歌者耳。"中国童谣当亦如是。儿歌起原约有二端，或其歌词为儿童所自造，或本大人所作，而儿童歌之者。若古之童谣，即属于后者，以其有关史实，故得附传至于今日，不与寻常之歌同就湮没也。

凡儿生半载，听觉发达，能辨别声音，闻有韵或有律之音，甚感愉快。儿初学语，不成字句，而自有节调，及能言时，恒复述歌词，自能成诵，易于常言。盖儿歌学语，先音节而后词意，此儿歌之所由发生，其在幼稚教育上所以重要，亦正在此。西国学者，搜集研究，排比成书，顺儿童自然发达之序，依次而进，与童话相衔接，大要分为前后两级，一曰母歌，一曰儿戏。母歌者，儿未能言，母与儿戏，歌以侑之，与后之儿自戏自歌异。其最初者即为抚儿使睡之歌，以啴缓之音作为歌词，反复重言，闻者身体舒懈，自然入睡。观各国歌词意虽殊，而浅言单调，如出一范，南法兰西歌有止言睡来睡来，不著他语，而当茅舍灯下，曼声歌之，和以摇篮之声，令人睡意自生。如越中之抚儿歌，亦止宝宝肉肉数言，此时若更和以缓缓纺车声，则正可与竞爽矣。次为弄儿之歌。先就儿童本身，指点为歌，渐及于身外之物。北京有十指五官及足五趾之歌，（见美国何德兰编译《孺子歌图》）越中持儿手，以食指相点，歌曰：

"斗斗虫，虫虫飞，

飞到何里去？

飞到高山吃白米，

吱吱哉！"

与日本之"拍手"（Chōchi Chochi），英国之"拓饼"（Pat a Cake），并其一例，其他指戏皆属之。又如点点窝螺，车水咿哑喔，×××到外婆家，打荞麦，亦是。又次为体物之歌，率就天然物象，即兴赋情，如越之鸠鸣燕语，知了喈喈叫，火萤虫夜夜红。杭州亦有之，云：

"火焰虫，的的飞，

飞上来，飞下去。"

或云"萤火萤火，你来照我！"甚有诗趣。北京歌有喜儿喜儿买豆腐，小耗子上灯台，《北齐书》引童谣羊羊吃野草，《隋书》之可怜青雀子，又狐截尾，《新唐书》之燕燕飞上天，皆其选也。复次，为人事之歌。原本世情，而特多诡谲之趣，此类虽初为母歌，及儿童能言，渐亦歌之，则流为儿戏之歌，如越中之喜子窠，月亮弯弯，山里果子联联串，是也。

儿戏者，儿童自戏自歌之词。然儿童闻母歌而识之，则亦自歌之。大较可分为三，如游戏，谜语，叙事。儿童游戏，有歌以先之，或和之者，与前弄儿之歌相似，但一为能动，一为所动为差耳。《北齐书》，"童戏者好以两手持绳，拂地而却上跳，且唱曰，高末！"即近世之跳绳。又《旧唐书》，"元和小儿谣云，打麦打麦三三三，乃转身曰，舞了也！"《明诗综》，"正统中京师群儿连臂呼于涂曰，正月里，狼来咬猪未？一儿应曰，未也，循是至八月，则应曰，来矣！皆散走。"皆古歌之仅存者。今北方犹有拉大锯，翻饼，烙饼，碾磨，糊狗肉，点牛眼，敦老米等戏，皆有歌佐之。越中虽有相当游戏，但失其词，故易散失，且令戏者少有兴会矣。

越中小儿列坐，一人独立作歌，轮数至末字，其人即起立代之，歌曰：

"铁脚斑斑，斑过南山，

南山里曲，里曲弯弯，

新官上任，旧官请出！"

此本决择歌，但已失其意而为寻常游戏者。凡竞争游戏，需一人为对手，即以歌别择，以末字所中者为定，其歌词率隐晦难喻，大抵趁韵而成。《明诗综》纪童谣云，"狸狸斑斑，跳过南山，南山北斗，猎回界口，界口北面，二十弓箭。"朱竹垞《静志居诗话》云，"此余童稚日偕闾巷小儿联臂踏足而歌者，不详何义，亦未有验。"考《古今风谣》，"元至正中燕京童谣，脚驴斑斑，脚踏南山，南山北斗，养活家狗，家狗磨面，三十弓箭。"实即同一歌词而转讹者。盖儿歌重在音节，多随韵接合，义不相贯，如一颗星，及天里一颗星树里一只鹰，夹雨夹雪冻杀老鳖等，皆然，儿童闻之，但就一二名物，涉想成趣，自感愉悦，不求会通，童谣难解，多以此故。唯本于古代礼俗，流传及今者，则可以民俗学疏理，得其本意耳。

谜语者，古所谓隐，断竹续竹之谣，殆为最古。今之蛮荒民族犹多好之，即在欧亚列国，乡民妇孺，亦尚有谜语流传，其内容仿佛相似。菲列滨土人钓钩谜曰，"悬死肉，求生肉"，与"断竹续竹，飞土逐肉"之隐弹丸同一思路。又犬谜曰，"坐时身高立时低"，乃与绍兴之谜同也。近人著《棣萼室谈虎》曰，"童时喜以用物为谜，因其浅近易猜，而村妪牧竖恒有传述之作，互相夸炫，词虽鄙俚，亦间有可取者。"但亦未举载。越中谜语之佳者如稻曰：

"一园竹，细簇簇。

开白花，结莲肉。"

蜘蛛曰：

"天里一只箬，

箬里一只蟹。"

眼曰：

"日里忙忙碌碌，

夜里茅草盖屋。"

皆体物入微，惟思奇巧。幼儿知识初启，索隐推寻，足以开发其心思，且所述皆习见事物，象形疏状，深切著明，在幼稚时代，不啻一部天物志疏，言其效益，殆可比于近世所提倡之自然研究欤。

　　叙事歌中有根于历史者，如上言史传所载之童谣，多属于此。其初由世人造作，寄其讽喻，而小儿歌之，及时代变易，则亦或存或亡，淘汰之余，乃永流传，如越谣之"低叭低叭，新人留带"，范啸风以为系宋末元初之谣，即其一例。但亦当分别言之，凡占验之歌，不可尽信，如"千里草何青青"之歌董卓，"小儿天上口"之歌吴元济，显然造作，本非童谣，又如"燕燕尾涎涎"本为童谣，而后人傅会其事，皆篝火狐鸣之故智，不能据为正解。故叙事童谣者，事后咏叹之词，与谶纬别也。次有传说之歌。以神话世说为本，特中国素少神话，则此类自鲜。越中之"嘌嘌嘌"歌，其本事出于螺女传说，余未之见。又次为人事之歌。其数最多，举凡人世情事，大抵具有，特化为单纯，故于童心不相背戾。如婚姻之事，在儿童歌谣游戏中数见不鲜，而词致朴直，妙在自然。如北京谣云：

　　"檐蝙蝠，穿花鞋，

　　你是奶奶我是爷。"

英国歌云：

　　"白者百合红蔷薇，

　　我为王时汝为妃。

　　迷迭碧华芸草绿，

　　汝念我时我念若。"

　　皆其佳者。若淫词佚意，乃为下里歌讴，非童谣本色。如《天籁》卷一所载，"石榴花开叶儿稀"，又"姐在房里笑嬉嬉"皆是。

盖童谣与俗歌本同源而枝流，儿童性好模拟，诵习俗歌，渐相错杂，观其情思句调，自可识别。如"石榴花开叶儿稀，打扮小姐娘家嬉"，是固世俗山歌之调，盖童谣之中虽间有俚词，而决无荡思也。

古今童谣之佳者，味覃隽永，有若醇诗。北京儿歌云：

"一阵秋风一阵凉，

一场白露一场霜，

严霜单打独根草，

蚂蚱死在草根上。"

则宛然原人之歌。《隋书》童谣云：

"黄斑青骢马，

发自寿阳涘，

来时冬气末，

去日春风始。"

有三百篇遗意。故依民俗学，以童歌与民歌比量，而得探知诗之起源，与艺术之在人生相维若何，犹从童话而知小说原始，为文史家所不废。《玉台新咏》《乐府诗集》多所采录，汉时之大麦谣，城上乌最胜，宋长白盛称之，是盖与乐府一矣。若在教育方面，儿歌之与蒙养利尤切近。自德人弗勒贝尔唱自力活动说以来，举世宗之。幼稚教育务在顺应自然，助其发达，歌谣游戏为之主课，儿歌之诘屈，童话之荒唐，皆有取焉，以尔时小儿心思，亦尔诘屈，亦尔荒唐，乃与二者正相适合，若达雅之词，崇正之义，反有所不受也。由是言之，儿歌之用，亦无非应儿童身心发达之度，以满足其喜音多语之性而已。童话游戏，其旨准此。迨级次逮进，知虑渐周，儿童之心，自能厌歌之诘屈，话之荒唐，而更求其上者，斯时进以达雅之词，崇正之义，则翕然应受，如石投水，无他，亦顺其自然之机耳。今人多言幼稚教育，但徒有空言，而无实际，幼稚教育之资料，亦尚缺然，坊间所为儿歌童话，又芜谬不可用。故略论儿歌之性质，为研究教育者之一助焉。

儿童的文学

一九二〇年十月二十六日在北平孔德学校演讲

今天所讲儿童的文学，换一句话便是"小学校里的文学"。美国的斯喀特尔（H. E. Scudder）麦克林托克（P. L. Maclintock）诸人都有这样名称的书，说明文学在小学教育上的价值，他们以为儿童应该读文学的作品，不可单读那些商人杜撰的读本。读了读本，虽然说是识字了，却不能读书，因为没有读书的趣味。这话原是不错，我也想用同一的标题，但是怕要误会，以为是主张叫小学儿童读高深的文学作品，所以改作今称，表明这所谓文学，是单指"儿童的"文学。

以前的人对于儿童多不能正当理解，不是将他当作缩小的成人，拿"圣经贤传"尽量的灌下去，便将他看作不完全的小人，说小孩懂得甚么，一笔抹杀，不去理他。近来才知道儿童在生理心理上，虽然和大人有点不同，但他仍是完全的个人，有他自己的内外两面的生活。儿童期的二十几年的生活，一面固然是成人生活的预备，但一面也自有独立的意义与价值；因为全生活只是一个生长，我们不能指定那一截的时期，是真正的生活。我以为顺应自然生活各期，——生长，成熟，老死，都是真正的生活。所以我们对于误认儿童为缩小的成人的教法，固然完全反对，就是那不承认儿童的独立生活的意见，我们也不以为然。那全然蔑视的不必说了，在诗歌里鼓吹合群，在故事里提倡爱国，专为将来设想，不顾现在儿童生活的需要的办法，也不免浪费了儿童的时间，缺损了儿童的生活。我想儿童教育，是应当依了他内外两面的生活的需要，适如其分的供给他，使他生活满足丰富，至于因了这供给的材料与方法而发生的效果，那是当然有的副产物，不必是供给时的唯一目的物。换一句话说，因为儿童生活上有文学的需要，我们供给他，便利用这机会去得一种效果，——于儿童将来生活上有益的一种思想或习性，当作副产物，并不因为要得这效果，便不管儿童的需要如何，供给一种食料，强迫他吞下去。所以小学校里的文学的教材与教授，第一须注意于"儿童的"这一点，其次才是效果，如读书的趣味，智情与想像的修养等。

儿童生活上何以有文学的需要？这个问题，只要看文学的起源的情形，便可以明白。儿童那里有自己的文学？这个问题，只要看原始社会的文学的情形，便可以明白。照进化说讲来，人类的个体发生原来和系统发生的程序相同：胚胎时代经过生物进化的历程，儿童时代又经过文明发达的历程；所以儿童学（Paidologie）上的许多事项，可以借了人类学（Anthropologie）上的事项来作说明。文学的起源，本由于原人的对于自然的畏惧与好奇，凭了想像，构成一种感情思想，借了言语行动表现出来，总称是歌舞，分起来是歌，赋与戏曲小说。儿童的精神生活本与原人相似，他的文学是儿歌童话，内容形式不但多与原人的文学相同，而且有许多还是原始社会的遗物，常含有野蛮或荒唐的思想。儿童与原人的比较，儿童的文学与原始的文学的比较，现在已有定论，可以不必多说；我们所要注意的，只是在于怎么样能够适当的将"儿童的"文学供给与儿童。

近来有许多人对于儿童的文学，不免怀疑，因为他们觉得儿歌童话里多有荒唐乖谬的思想，恐于儿童有害。这个疑惧本也不为无理，但我们有这两种根据，可以解释他。

第一，我们承认儿童有独立的生活，就是说他们内面的生活与大人不同，我们应当客观地理解他们，并加以相当的尊重。婴儿不会吃饭，只能给他乳吃；不会走路，只好抱他，这是大家都知道的。精神上的情形，也正同这个一样。儿童没有一个不是拜物教的，他相信草木能思想，猫狗能说话，正是当然的事；我们要纠正他，说草木是植物猫狗是动物，不会思想或说话，这事不但没有什么益处，反是有害的，因为这样使他们的生活受了伤了。即使不说儿童的权利那些话，但不自然的阻遏了儿童的想像力，也就所失很大了。

第二，我们又知道儿童的生活，是转变的生长的。因为这一层，所以我们可以放胆供给儿童需要的歌谣故事，不必愁他有什么坏的影响，但因此我们又更须细心斟酌，不要使他停滞，脱了正当的轨道。譬如婴儿生了牙齿可以吃饭，脚力强了可以走路了，却还是哺乳提抱，便将使他的胃肠与脚的筋肉反变衰弱了。儿童相信猫狗能说话的时候，我们便同他们讲猫狗说话的故事，不但要使得他们喜悦，也因为知道这过程是跳不过的——然而又自然的会推移过去的，所以相当的对付了，等到儿童要知道猫狗是什么东西的时候到来，我们再可以将生物学的知识供给他们。倘若不问儿童生活的转变如何，只是始终同他们讲猫狗说话的事，那时这些荒唐乖谬的弊害才真要出来了。

据麦克林托克说，儿童的想像如被迫压，他将失了一切的兴味，变成枯燥的唯物的人；但如被放纵，又将变成梦想家，他的心力都不中用了。所以小学校里的正当的文学教育，有这样三种作用：（1）顺应满足儿童之本能的兴趣与趣味，（2）培养并指导那些趣味，（3）唤起以前没有的新的兴趣与趣味。这（1）便是我们所说的供给儿童文学的本意，（2）与（3）是利用这机会去得一种效果。但怎样才能恰当的办到呢？依据儿童心理发达的程序与文学批评的标准，于教材选择与教授方法上，加以注意，当然可以得到若干效果。教授方法的话可以不必多说了，现在只就教材选择上，略略说明以备参考。

儿童学上的分期，大约分作四期，一婴儿期（一至三岁），二幼儿期（三至十），三少年期（十至十五），四青年期（十五至二十）。我们现在所说的是学校里一年至六年的儿童，便是幼儿期及少年期的前半，至于七年以上所谓中学程度的儿童，这回不暇说及，当俟另外有机会再讲了。

幼儿期普通又分作前后两期，三至六岁为前期，又称幼稚园时期，六至十为后期，又称初等小学时期。前期的儿童，心理的发达上最旺盛的是感觉作用，其他感情意志的发动也多以感觉为本，带着冲动的性质。这时期的想像，也只是被动的，就是联想的及模仿的两种，对于现实与虚幻，差不多没有什么区别。到了后期，观察与记忆作用逐渐发达，得了各种现实的经验，想像作用也就受了限制，须与现实不相冲突，才能容纳；若表现上面，也变了主动的，就是所谓构成的想像了。少年期的前半大抵也是这样，不过自我意识更为发达，关于社会道德等的观念，也渐明白了。

约略根据了这个程序，我们将各期的儿童的文学分配起来，大略如下：——

幼儿前期

（1）诗歌　这时期的诗歌，第一要注意的是声调。最好是用现有的儿歌，如北平的"水牛儿""小耗子"都可以用，就是那趁韵而成的如"忽听门外人咬狗"，咒语一般的决择歌如"铁脚斑斑"，只要音节有趣，也是一样可用的。因为幼儿唱歌只为好听，内容意义不甚紧要，但是粗俗的歌词也应该排斥，所以选择诗歌不必积极的罗致名著，只须消极加以别择便好了。古今诗里有适宜的，当然可用；但特别新做的儿歌，我反不大赞成，因为这是极难的，难得成功的。

（2）寓言　　寓言实在只是童话的一种，不过略为简短，又多含着教训的意思，普通就称作寓言。在幼儿教育上，他的价值单在故事的内容，教训实是可有可无；倘这意义是自明的，儿童自己能够理会，原也很好，如借此去教修身的大道理，便不免谬了。这不但因为在这时期教了不能了解，且恐要养成曲解的癖，于将来颇有弊病。象征的著作须得在少年期的后期（第六七学年）去读，才有益处。

（3）童话　　童话也最好利用原有的材料，但现在的尚未有人收集，古书里的须待修订，没有恰好的童话集可用。翻译别国的东西，也是一法，只须稍加审择便好。本来在童话里，保存着原始的野蛮的思想制度，比别处更多。虽然我们说过儿童是小野蛮，喜欢荒唐乖谬的故事，本是当然，但有几种也不能不注意，就是凡过于悲哀，苦痛，残酷的，不宜采用。神怪的事只要不过恐怖的限度，总还无妨；因为将来理智发达，儿童自然会不再相信这些，若是过于悲哀或痛苦，便永远在脑里留下一个印象，不会消灭，于后来思想上很有影响；至于残酷的害，更不用说了。

幼儿后期

（1）诗歌　这期间的诗歌不只是形式重要，内容也很重要了；读了固然要好听，还要有意思，有趣味。儿歌也可应用，前期读过还可以重读，前回听他的音，现在认他的文字与意义，别有一种兴趣。文学的作品倘有可采用的，极为适宜，但恐不很多。如选取新诗，须择叶韵而声调和谐的；但有词调小曲调的不取，抽象描写或讲道理的也不取。儿童是最能创造而又最是保守的；他们所喜欢的诗歌，恐怕还是五七言以前的声调，所以普通的诗难得受他们的赏鉴；将来的新诗人能够超越时代，重新寻到自然的音节，那时真正的新的儿歌才能出现了。

（2）童话　小学的初年还可以用普通的童话，但是以后儿童辨别力渐强，对于现实与虚幻已经分出界限，所以童话里的想像也不可太与现实分离；丹麦安兑尔然（Hans C. Andersen）作的童话集里，有许多适用的材料。传说也可以应用，但应当注意，不可过量的鼓动崇拜英雄的心思，或助长粗暴残酷的行为。中国小说里的《西游记》讲神怪的事，却与《封神传》不同，也算纯朴率真，有几节可以当童话用。《今古奇观》等书里边，也有可取的地方，不过须加以修订才能适用罢了。

（3）天然故事　这是寓言的一个变相；以前读寓言是为他的故事，现在却是为他所讲的动物生活。儿童在这时期，好奇心很是旺盛，又对于牧畜及园艺极热心，所以给他读这些故事，随后引到记述天然的著作，便很容易了。但中国这类著作非常缺少，不得不取材于译书，如《万物一览》等书了。

少年期

（1）诗歌　浅近的文言可以应用，如唐代的乐府及古诗里多有好的材料；中国缺少叙事的民歌（Ballad），只有《孔雀东南飞》等几篇可以算得佳作，《木兰行》便不大适用。这时期的儿童对于普通的儿歌，大抵已经没有什么趣味了。

（2）传说　传说与童话相似，只是所记的是有名英雄，虽然也含有空想的分子，比较的近于现实。在自我意识团体精神渐渐发达的时期，这类故事，颇为合宜；但容易引起不适当的英雄崇拜与爱国心，极须注意，最好采用各国的材料，使儿童知道人性里共通的地方，可以免去许多偏见。奇异而有趣味的，或真切而合于人情的，都可采用；但讲明太祖那颇仑等的故事，还以不用为宜。

（3）写实的故事　这与现代的写实小说不同，单指多含现实分子的故事，如欧洲的《鲁滨孙》（*Robinson Crusoe*）或《吉诃德先生》（*Don Quixote*）而言。中国的所谓社会小说里，也有可取的地方，如《儒林外史》及《老残游记》之类，纪事叙景都可，只不要有玩世的口气，也不可有夸张或感伤的"杂剧的"气味。《官场现形记》与《广陵潮》没有什么可取，便因为这个缘故。

（4）寓言　这时期的教寓言，可以注意在意义，助成儿童理智的发达。希腊及此外欧洲寓言作家的作品，都可选用；中国古文及佛经里也有许多很好的譬喻。但寓言的教训，多是从经验出来，不是凭理论的，所以尽有顽固或背谬的话，用时应当注意；又篇末大抵附有训语，可以删去，让儿童自己去想，指定了反妨害他们的活动了。滑稽故事此时也可以用，童话里本有这一部类，不过用在此刻也偏重意义罢了。古书如《韩非子》等的里边，颇有可用的材料，大都是属于理智的滑稽，就是所谓机智。感情的滑稽实例很少；世俗大多数的滑稽都是感觉的，没有文学的价值了。

（5）戏曲　儿童的游戏中本含有戏曲的原质，现在不过伸张综合了，适应他们的需要。在这里边，他们能够发扬模仿的及构成的想像作用，得到团体游戏的快乐。这虽然是指实演而言，但诵读也别有兴趣，不过这类著作，中国一点都没有，还须等人去研究创作；能将所讲的传说去戏剧化，原是最好，却又极难，所以也只好先从翻译入手了。

以上约略就儿童的各期，分配应用的文学种类，还只是理论上的空谈，须经过实验，才能确实的编成一个详表。以前所说多偏重"儿童的"，但关于"文学的"这一层，也不可将他看轻；因为儿童所需要的是文学，并不是商人杜撰的各种文章，所以选用的时候还应当注意文学的价值。所谓文学的，却也并非要引了文学批评的条例，细细的推敲，只是说须有文学趣味罢了。文章单纯，明了，匀整；思想真实，普遍：这条件便已完备了。麦克林托克说，小学校里的文学有两种重要的作用，（1）表现具体的影象，（2）造成组织的全体。文学之所以能培养指导及唤起儿童的新的兴趣与趣味，大抵由于这个作用。所以这两条件，差不多就可以用作儿童文学的艺术上的标准了。

中国向来对于儿童，没有正当的理解，又因为偏重文学，所以在文学中可以供儿童之用的，实在绝无仅有；但是民间口头流传的也不少，古书中也有可用的材料，不过没有人采集或修订了，拿来应用。坊间有几种唱歌和童话，却多是不合条件，不适于用。我希望有热心的人，结合一个小团体，起手研究，逐渐收集各地歌谣故事，修订古书里的材料，翻译外国的著作，编成几部书，供家庭学校的用，一面又编成儿童用的小册，用了优美的装帧，刊印出去，于儿童教育当有许多的功效。我以前因为汉字困难，怕这事不大容易成功，现在有了注音字母，可以不必多愁了。但插画一事，仍是为难。现今中国画报上的插画，几乎没有一张过得去的，要寻能够为儿童书作插画的，自然更不易得了，这真是一件可惜的事。

（《艺术与生活》）

神话与传说

近来时常有人说起神话，但是他们用了科学的知识，不作历史的研究，却去下法律的判断，以为神话都是荒唐无稽的话，不但没有研究的价值，而且还有排斥的必要。这样的意见，实在不得不说是错误的。神话在民俗学研究上的价值大家多已知道，就是在文艺方面也是很有关系，现在且只就这一面略略加以说明。

神话一类大同小异的东西，大约可以依照他们性质分作下列四种：

一　神话（Mythos=Myth）

二　传说（Saga=Legend）

三　故事（Logos=Anecdote）

四　童话（Maerchen=Fairy tale）

神话与传说形式相同，但神话中所讲者是神的事情，传说是人的事情；其性质一是宗教的，一是历史的。传说与故事亦相同，但传说中所讲的是半神的英雄，故事中所讲的是世间的名人；其性质一是历史的，一是传记的。这三种可以归作一类，人与事并重，时地亦多有着落，与重事不重人的童话相对。童话的性质是文学的，与上边三种之由别方面转入文学者不同，但这不过是他们原来性质上的区别，至于其中的成分别无什么大差，在我们现今拿来鉴赏，又原是一样的文艺作品，分不出轻重来了。

对于神话等中间的怪诞分子，古来便很有人注意，加以种种解说，但都不很确切，直至十九世纪末英人安特路阑（Andrew Lang）以人类学法解释，才能豁然贯通，为现代民俗学家所采用。新旧学说总凡五家，可以分为退化说与进化说两派。

退化说

（一）历史学派　此派学说以为一切神话等皆本于历史的事实，因年代久远，遂致传讹流于怪诞。

（二）譬喻派　此派谓神话等系假借具体事物，寄托抽象的道德教训者，因传讹失其本意，成为怪诞的故事。

（三）神学派　此派谓神话等系《旧约》中故事之变化。

（四）言语学派　此派谓神话等皆起源于"言语之病"，用自然现象解释一切。他们以为自然现象原有许多名称，后来旧名废弃而成语留存，意义已经不明，便以为是神灵的专名，为一切神话的根源。以上四派中以此派为最有势力，至人类学派起，才被推倒了。

进化说

（五）人类学派　此派以人类学为根据，证明一切神话等的起源在于习俗。现代的文明人觉得怪诞的故事，在他发生的时地，正与社会上的思想制度相调和，并不觉得什么不合。譬如人兽通婚，似乎是背谬的思想，但在相信人物皆精灵，能互易形体的社会里，当然不以为奇了。他们征引古代或蛮族及乡民的信仰习惯，考证各式神话的原始，大概都已得到解决。

我们依了这人类学派的学说，能够正当了解神话的意义，知道他并非完全是荒诞不经的东西，并不是几个特殊阶级的人任意编造出来，用以愚民，更不是大人随口胡诌骗小孩子的了。我们有这一点预备知识，才有去鉴赏文学上的神话的资格，譬如古希腊的所谓荷马的史诗，便充满了许多"无稽"的话，非从这方面去看是无从索解的。真有吃人的"圆目"（Kyklops）么？伊泰加的太上皇真在那里躬耕么？都是似乎无稽的问题，但我们如参照阑氏的学说读去，不但觉得并不无稽，而且反是很有趣味了。

离开了科学的解说，即使单从文学的立脚点看去，神话也自有其独立的价值，不是可以轻蔑的东西。本来现在的所谓神话等，原是文学，出在古代原民的史诗史传及小说里边；他们做出这些东西，本不是存心作伪以欺骗民众，实在只是真诚的表现出他们质朴的感想，无论其内容与外形如何奇异，但在表现自己这一点上与现代人的著作并无什么距离。文学的进化上，虽有连接的反动（即运动）

造成种种的派别，但如根本的人性没有改变，各派里的共通的文艺之力，一样的能感动人，区区的时间和空间的阻隔只足加上一层异样的纹彩，不能遮住他的波动。中国望夫石的传说，与希腊神话里的尼阿倍（Niobe）痛子化石的话，在现今用科学眼光看去，都是诳话了，但这于他的文艺的价值决没有损伤，因为他所给与者并不是人变石头这件事实，却是比死更强的男女间及母子间的爱情，化石这一句话差不多是文艺上的象征作用罢了。文艺不是历史或科学的记载，大家都是知道的；如见了化石的故事，便相信人真能变石头，固然是个愚人，或者又背着科学来破除迷信，断断的争论化石故事之不合真理，也未免成为笨伯了。我们决不相信在事实上人能变成石头，但在望夫石等故事里，觉得他能够表示一种心情，自有特殊的光热，我们也就能离开了科学问题，了解而且赏鉴他的美。研究文学的人运用现代的科学知识，能够分析文学的成分，探讨时代的背景，个人的生活与心理的动因，成为极精密的研究，唯在文艺本体的赏鉴，还不得不求诸一己的心，便是受过科学洗礼而仍无束缚的情感，不是科学知识自己。中国凡事多是两极端的，一部分的人现在还抱着神话里的信仰，一部分的人便以神话为不合科学的诳话，非排斥不可。我想如把神话等提出在崇信与攻击之外，还他一个中立的位置，加以学术的考订，归入文化史里去，一方面当作古代文学看，用历史批评或艺术赏鉴去对待他，可以收获相当的好结果：这个办法，庶几得中，也是世界通行的对于神话的办法。好广大肥沃的田地摊放在那里，只等人去耕种。国内有能耐劳苦与寂寞的这样的农夫么？

在本文中列举神话传说故事童话四种，标题却只写神话与传说，后边又常单举神话，其实都是包括四者在内，因便利上故从简略。

（《自己的园地》）

歌谣

　　歌谣这个名称，照字义上说来只是口唱及合乐的歌，但平常用在学术上与"民歌"是同一的意义。民谣的界说，据英国吉特生（Kidson）说是一种诗歌，"生于民间，为民间所用以表现情绪，或为抒情的叙述者。他又大抵是传说的，而且正如一切的传说一样，易于传讹或改变。他的起源不能确实知道，关于他的时代也只能约略知道一个大概。"他的种类的发生，大约是由于原始社会的即兴歌，《诗序》所说"情动于中而形于言"云云，即是这种情形的说明，所以民谣可以说是原始的——而又不老的诗。在文化很低的社会里，个人即兴口占，表现当时的感情或叙述事件，但唱过随即完了，没有保存的机会，到得文化稍进，于即兴之外才有传说的歌谣，原本也是即兴，却被社会所采用，因而就流传下来了。吉特生说，"有人很巧妙的说，谚是一人的机锋，多人的智慧。对于民歌我们也可以用同样的界说，便是由一个人的力将一件史事，一件传说或一种感情，放在可感觉的形式里〔表现出来〕，这些东西本为民众普通所知道或感到的，但少有人能够将他造成定形。我们可以推想，个人的这种著作或是粗糙，或是精炼，但这关系很小，倘若这感情是大家所共感到的，因为通用之后自能渐就精炼，不然也总多少磨去他的棱角〔使他稍为圆润〕了。"

民歌是原始社会的诗，但我们的研究却有两个方面，一是文艺的，一是历史的。从文艺的方面我们可以供诗的变迁的研究，或做新诗创作的参考。在这一点上我们需要现存的民歌比旧的更为重要，古文书里不少好的歌谣，但是经了文人的润色，不是本来的真相了。民歌与新诗的关系，或者有人怀疑，其实是很自然的，因为民歌的最强烈最有价值的特色是他的真挚与诚信，这是艺术品的共通的精魂，于文艺趣味的养成极是有益的。吉特生说，"民歌作者并不因职业上的理由而创作；他唱歌，因为他是不能不唱，而且有时候他还是不甚适于这个工作。但是他的作品，因为是真挚地做成的，所以有那一种感人的力，不但适合于同阶级，并且能感及较高文化的社会。"这个力便是最足供新诗的汲取的。意大利人威大利（Vitale）在所编的《北京儿歌》序上指点出读者的三项益处，第三项是"在中国民歌中可以寻到一点真的诗"，后边又说，"这些东西虽然都是不懂文言的不学的人所作，却有一种诗的规律，与欧洲诸国类似，与意大利诗法几乎完全相合。根于这些歌谣和人民的真的感情，新的一种国民的诗或者可以发生出来。"这一节话我觉得极有见解，而且那还是一八九六年说的，又不可不说他是先见之明了。

历史的研究一方面，大抵是属于民俗学的，便是从民歌里去考见国民的思想，风俗与迷信等，言语学上也可以得到多少参考的材料。其资料固然很需要新的流行的歌谣，但旧的也一样重要，虽然文人的润色也须注意分别的。这是一件很大的事业，不过属于文艺的范围以外，现在就不多说了。

在民歌这个总名之下，可以约略分作这几大类：

一　情歌

二　生活歌　包括各种职业劳动的歌，以及描写社会家庭生活者，如童养媳及姑妇的歌皆是。

三　滑稽歌　嘲弄讽刺及"没有意思"的歌皆属之，唯后者殊不多，大抵可以归到儿歌里去。

四　叙事歌　即韵文的故事，《孔雀东南飞》及《木兰行》是最好的例，但现在通行的似不多见。又有一种"即事"的民歌，叙述当代的事情，如此地通行的"不剃辫子没法混，剃了辫子怕张顺"便是。中国史书上所载有应验的"童谣"，有一部分是这些歌谣，其大多数原是普通的儿歌，经古人附会作荧惑的神示罢了。

五　仪式歌　如结婚的撒帐歌等，行禁厌时的祝语亦属之。占候歌诀也应该附在这里。谚语是理知的产物，本与主情的歌谣殊异，但因也用歌谣的形式，又与仪式占候歌有连带的关系，所以附在末尾；古代的诗的哲学书都归在诗里，这正是相同的例了。

六　儿歌　儿歌的性质与普通的民歌颇有不同，所以别立一类。也有本是大人的歌而儿童学唱者，虽然依照通行的范围可以当作儿歌，但严格的说来应归入民歌部门才对。欧洲编儿歌集的人普通分作母戏母歌与儿戏儿歌两部，以母亲或儿童自己主动为断，其次序先儿童本身，次及其关系者与熟习的事物，次及其他各事物。现在只就歌的性质上分作两项。

（1）事物歌

（2）游戏歌

事物歌包含一切抒情叙事的歌，谜语其实是一种咏物诗，所以也收在里边。唱歌而伴以动作者则为游戏歌，实即叙事的扮演，可以说是原始的戏曲，——据现代民俗学的考据，这些游戏的确起源于先民的仪式。游戏时选定担任苦役的人，常用一种完全没有意思的歌词，这便称作决择歌（Counting out Song），也属游戏歌项下；还有一种只用作歌唱，虽亦没有意思而各句尚相连贯者，那是趁韵的滑稽歌，当属于第一项了。儿歌研究的效用，除上面所说的两件以外，还有儿童教育的一方面，但是他的益处也是艺术的而非教训的，如吕新吾作《演小儿语》，想改作儿歌以教"义理身心之学"，道理固然讲不明白，而儿歌也就很可惜的白白的糟掉了。

（《自己的园地》）

儿童的书

    美国斯喀德（Scudder）在《学校里的儿童文学》一篇文里曾说，"大多数的儿童经过了小学时期，完全不曾和文学接触，他们学会念书，但没有东西读。他们不曾知道应该读什么书。"凡被强迫念那书贾所编的教科书的儿童，大都免不掉这个不幸，但外国究竟要比中国较好，因为他们还有给儿童的书，中国则一点没有，即使儿童要读也找不到。

    据我自己的经验讲来，我幼时念的是"圣贤之书"，却也完全不曾和文学接触，正和念过一套书店的教科书的人一样。后来因为别的机缘，发见在那些念过的东西以外还有可看的书，实在是偶然的幸运。因为念那圣贤之书，到十四岁时才看得懂"白话浅文"，虽然也看《纲鉴易知录》当日课的一部分，但最喜欢的却是《镜花缘》。此外也当然爱看绣像书，只是绣的太是呆板了，所以由《三国志演

义》的绘图转到《尔雅图》和《诗中画》一类那里去了。中国向来
以为儿童只应该念那经书的，以外并不给预备一点东西，让他们自
己去挣扎，止那精神上的饥饿；机会好一点的，偶然从文字堆中——
正如在秽土堆中检煤核的一样——掘出一点什么来，聊以充腹，实
在是很可怜的，这儿童所需要的是什么呢？我从经验上代答一句，
便是故事与画本。

　　二十余年后的今日，教育文艺比那时发达得多了，但这个要求
曾否满足，有多少适宜的儿童的书了么？我们先看画本罢。美术界
的一方面因为情形不熟，姑且不说绘画的成绩如何，只就儿童用的
画本的范围而言，我可以说不曾见到一本略好的书。不必说克路轩
克（Cruikshank）或比利平（Bilibin）等人的作品，就是如竹久
梦二的那些插画也难得遇见。中国现在的画，失了古人的神韵，又
并没有新的技工，我见许多杂志及教科书上的图都不合情理，如阶
石倾邪，或者母亲送四个小孩去上学，却是一样的大小。这样日常
生活的景物还画不好，更不必说纯凭想象的童话绘了，——然这童
话绘却正是儿童画本的中心，我至今还很喜欢看鲁滨孙等人的奇妙
的插画，觉得比历史绘更为有趣。但在中国却一册也找不到。幸而
中国没有买画本给小儿做生日或过节的风气，否则真是使人十分为
难了。儿童所喜欢的大抵是线画，中国那种的写意画法不很适宜，
所以即使往古美术里去找也得不到什么东西，偶然有些织女钟馗等
画略有趣味，也稍缺少变化；如焦秉贞的《耕织图》却颇适用，把

他翻印出来，可以供少年男女的翻阅。

　　儿童的歌谣故事书，在量上是很多了，但在质上未免还是疑问。我以前曾说过，"大抵在儿童文学上有两种方向不同的错误：一是太教育的，即偏于教训；一是太艺术的，即偏于玄美：教育家的主张多属于前者，诗人多属于后者。其实两者都不对，因为他们不承认儿童的世界。"中国现在的倾向自然多属于前派，因为诗人还不曾着手于这件事业。向来中国教育重在所谓经济，后来又中了实用主义的毒，对儿童讲一句话，眠一眠眼，都非含有意义不可，到了现在这种势力依然存在，有许多人还把儿童故事当作法句譬喻看待。我们看那《伊索寓言》后面的格言，已经觉得多事，更何必去模仿他。其实艺术里未尝不可寓意，不过须得如做果汁冰酪一样，要把果子味混透在酪里，决不可只把一块果子皮放在上面就算了事。但是这种作品在儿童文学里，据我想来本来还不能算是最上乘，因为我觉得最有趣的是有那无意思之意思的作品。安徒生的《丑小鸭》，大家承认他是一篇佳作，但《小伊达的花》似乎更佳；这并不因为他讲花的跳舞会，灌输泛神的思想，实在只因他那非教训的无意思，空灵的幻想与快活的嬉笑，比那些老成的文字更与儿童的世界接近了。我说无意思之意思，因为这无意思原自有他的作用，儿童空想正旺盛的时候，能够得到他们的要求，让他们愉快的活动，这便是最大的实益，至于其余观察记忆，言语练习等好处即使不说也罢。总之儿童的文学只是儿童本位的，此外更没有什么标准。中国还未曾发见了儿童，——其实连个人与女子也还未发见，所以真的为儿童的文学也自然没有，虽市场上摊着不少的卖给儿童的书本。

艺术是人人的需要，没有什么阶级性别等等差异。我们不能指定这是工人的，那是女子所专有的文艺，更不应说这是为某种人而作的；但我相信有一个例外，便是"为儿童的"。儿童同成人一样的需要文艺，而自己不能造作，不得不要求成人的供给。古代流传下来的神话传说，现代野蛮民族里以及乡民及小儿社会里通行的歌谣故事，都是很好的材料，但是这些材料还不能就成为"儿童的书"，须得加以编订才能适用。这是现在很切要的事业，也是值得努力的工作。凡是对儿童有爱与理解的人都可以着手去做，但在特别富于这种性质而且少有个人的野心之女子们我觉得最为适宜，本于温柔的母性，加上学理的知识与艺术的修养，便能比男子更为胜任。我固然尊重人家的创作，但如见到一本为儿童的美的画本或故事书，我觉得不但尊重而且喜欢，至少也把他看得同创作一样的可贵。

（《自己的园地》）

科学小说

　　科学进到中国的儿童界里，不曾建设起"儿童学"来，只见在那里开始攻击童话，——可怜中国儿童固然也还够不上说有好童话听。在"儿童学"开山的美国诚然也有人反对，如勃朗（Brown）之流，以为听了童话未必能造飞机或机关枪，所以即使让步说儿童要听故事，也只许读"科学小说"。这条符命，在中国正在"急急如律令"的奉行。但是我对于"科学小说"总很怀疑，要替童话辩护。不过教育家的老生常谈也无重引的必要，现在别举一两个名人的话替我表示意见。

　　以性的心理与善种学研究著名的医学博士蔼理斯在《凯沙诺伐论》中说及童话在儿童生活上之必要，因为这是他们精神上的最自然的食物。倘若不供给他，这个缺损永远无物能够弥补，正如使小孩单吃淀粉质的东西，生理上所受的饿不是后来给予乳汁所能补救的一样。吸收童话的力不久消失，除非小孩有异常强盛的创造想像力，这方面精神的生长大抵是永久的停顿了。在他的《社会卫生的事业》（据序上所说这社会卫生实在是社会改革的意思，并非普通的卫生事项）第七章里也说，"听不到童话的小孩自己来造作童话，——因为他在精神的生长上必需这些东西，正如在身体的生长上必需糖一样，——但是他大抵造的很坏。"据所引医学杂志的实例，有一位夫人立志用真实教训儿童，废止童话，后来却见小孩们造作了许多可骇的故事，结果还是拿《杀巨人的甲克》来给他们消遣。他又说少年必将反对儿时的故事，正如他反对儿时的代乳粉，所以将来要使他相信的东西以不加在里边为宜。这句话说的很有意思，不但荒唐的童话因此不会有什么害处，而且正经的科学小说因此也就不大有什么用处了。

阿那多尔法兰西（Anatole France）是一个文人，但他老先生在法国学院里被人称为无神论者无政府主义者，所以他的论童话未必会有拥护迷信的嫌疑。《我的朋友的书》是他早年的杰作，第二编《苏珊之卷》里有一篇"与D夫人书"，发表他的许多聪明公正的意见。

"那位路易菲该先生是个好人，但他一想到法国的少年少女还会在那里读《驴皮》，他平常的镇静便完全失掉了。他做了一篇序，劝告父母须得从儿童手里把贝洛尔的故事夺下，给他们看他友人菲古斯博士的著作。'琼英姑娘，请把这书合起了罢。不要再管那使你喜欢得流泪的天青的鸟儿了，请你快点去学了那以太麻醉法罢。你已经七岁了，还一点都不懂得一酸化窒素的麻醉力咧！'路易菲该先生发见了仙女都是空想的产物，所以他不准把这些故事讲给他们听。他给他们讲海鸟粪肥料：在这里边是没有什么空想的，——但是，博士先生，正因为仙女是空想的，所以他们存在。他们存在在那些素朴新鲜的空想之中，自然形成为不老的诗——民众传统的诗的空想之中。

最琐屑的小书，倘若它引起一个诗的思想，暗示一个美的感情，总之倘若它触动人的心，那在小孩少年就要比你们的讲机械的所有的书更有无限的价值。

我们必须有给小孩看的故事，给大孩看的故事，使我们笑，使我们哭，使我们置身于幻惑之世界里的故事。"

这样的抄下去，实在将漫无限制，非至全篇抄完不止；我也很想全抄，倘若不是因为见到自己译文的拙劣而停住了。但是我还忍不住再要抄他一节：

"请不要怕他们（童话的作者）将那些关于妖怪和仙女的废话充满了小孩的心，会把他教坏了。小孩着实知道这些美的形象不是这世界里所有的。有害的倒还是你们的通俗科学，给他那些不易矫正的谬误的印象。深信不疑的小孩一听威奴先生这样说，便真相信人能够装在一个炮弹内放到月亮上面去，及一个物体能够轻易地反抗重力的定则。

古老尊严的天文学之这样的滑稽拟作，既没有真，也没有美，是一无足取。"

照上边说来，科学小说总是弄不好的：当作小说与《杀巨人的甲克》一样的讲给小孩听呢，将来反正同甲克一样的被抛弃，无补于他的天文学的知识。当作科学与海鸟粪一样的讲呢，无奈做成故事，不能完全没有空想，结果还是装在炮弹里放到月亮上去，不再能保存学术的真实了。即如法阑玛利庵（Flamarion）的《世界如何终局》当然是一部好的科学小说，比焦尔士威奴（Jules Verne 根据梁任公先生的旧译）或者要好一点了，但我见第二篇一章里有这样的几句话：

"街上没有雨水，也没有泥水：因为雨一下，天空中就布满了一种玻璃的雨伞，所以没有各自拿伞的必要。"

这与童话里的法宝似乎没有什么差别，只是更笨相一点罢了。这种玻璃雨伞或者自有做法，在我辈不懂科学的人却实在看了茫然，只觉得同金箍棒一样的古怪。如其说只是漠然的愿望，那么千里眼之于望远镜，顺风耳之于电话等，这类事情童话中也"古已有之"了。科学小说做得好的，其结果还是一篇童话，这才令人有阅读的兴致，所不同者，其中偶有抛物线等的讲义须急忙翻过去，不像童话的行行都读而已。有些人借了小说写他的"乌托邦"的理想，那是别一类，不算在科学小说之内。又上文所说系儿童文学范围内的问题，若是给平常人看，科学小说的价值又当别论，不是我今日所要说的了。一九二四年九月一日。

（《雨天的书》）

吕坤的演小儿语

中国向来缺少为儿童的文学。就是有了一点编纂的著述，也以教训为主，很少艺术的价值。吕新吾的这一卷《演小儿语》，虽然标语也在"蒙以养正"，但是知道利用儿童的歌词，能够趣味与教训并重，确是不可多得的，而且于现在的歌谣研究也不无用处，所以特地把他介绍一下。

原书一册，总称"小儿语"，内计吕得胜（近溪渔隐）的《小儿语》一卷，《女小儿语》一卷，吕坤（抱独居士）的《续小儿语》三卷，《演小儿语》一卷。前面的五卷书，都是自作的格言，仿佛《三字经》的一部分，也有以谚语为本而改作的，虽然足为国语的资料，于我们却没有什么用处。末一卷性质有点不同，据小引里说，系采取直隶河南山西陕西的童谣加以修改，为训蒙之用者。在我们看来，把好好的歌谣改成箴言，觉得很是可惜，但是怪不得三百年以前的古人，而且亏得这本小书，使我们能够知道在明朝，有怎样的儿歌，可以去留心搜集类似的例，我们实在还应感谢的。

书的前面有嘉靖戊午（1558）吕得胜的序，末有万历癸巳（1593）吕坤的书后，说明他们对于歌谣的意见。序云，

"儿之有知而能言也，皆有歌谣以遂其乐，群相习，代相传，不知作者所自，如梁宋间'盘脚盘''东屋点灯西屋明'之类。学焉而于童子无补，余每笑之。夫蒙以养正，有知识时便是养正时也。是俚语者固无害，胡为乎习哉？……"

书后云：

"小儿皆有语，语皆成章，然无谓。先君谓无谓也，更之；又谓所更之未备也，命余续之，既成刻矣；余又借小儿原语而演之。语云，教子婴孩。是书也诚鄙俚，庶几乎婴孩一正传哉！……"

他们看不起儿童的歌谣，只因为"固无害"而"无谓"，——没有用处，这实在是绊倒许多古今人的一个石头。童谣用在教育上只要无害便好，至于在学术研究上，那就是有害的也很重要了。序里说仿作小儿语，"如其鄙俚，使童子乐闻而易晓焉，"却颇有见地，与现在教育家反对儿童读"白话浅文"不同，至于书后自谦说，"言各有体，为诸生家言则患其不文，为儿曹家言则患其不俗。余为儿语而文，殊不近体；然刻意求为俗，弗能。"更说得真切。他的词句其实也颇明显，不过寄托太深罢了。

《演小儿语》共四十六首，虽说经过改作，但据我看去有几首

似乎还是"小儿之旧语"，或者删改的地方很少。今举出数篇为例。

九

鹦哥乐，檐前挂，

　为甚过潼关，

终日不说话。

二五

讨小狗，要好的。

　我家狗大却生痴，

不咬贼，只咬鸡。

三八

孩儿哭，哭恁痛。

　那个打你，我与对命，

宁可打我我不嗔，

　你打我儿我怎禁。

四一

老王卖瓜，腊腊巴巴。

　不怕担子重，

只要脊梁硬。

　我说这些似是原来的儿歌，本来只是猜想；从文句上推测，又看他解释得太迂远了的时候，便觉得其中当含着不少的原有分子，因为如果大经改作，表示意思必定更要晓畅。大约著者想要讲那"理义身心之学"，而对于这些儿童诗之美却无意的起了欣赏，所以抄下原诗而加上附会的教训，也未可知：我读那篇书后，觉得这并非全是幻想。

我们现在把那四十六首《演小儿语》，转录在北大《歌谣周刊》上面，或者于研究歌谣的人不无用处，并希望直隶河南山西陕西各处的人见了书中的歌，记起本地类似的各种歌谣，随时录寄。《演小儿语》虽经过改作，但是上半，至少是最初两句，都是原语，所以还可以看出原来是什么歌，如"风来了，雨来了"也在里面，只是下半改作过了。从这书里选择一点作儿童唱歌用，也是好的，只要拣取文词圆润自然的，不要用那头巾气太重的便好了。

（一九二三年四月）（《谈龙集》）

读童谣大观

一

现在研究童谣的人大约可以分作三派，从三个不同的方面着眼。其一是民俗学的，认定歌谣是民族心理的表现，含蓄着许多古代制度仪式的遗迹，我们可以从这里边得到考证的资料。其二是教育的，既然知道歌吟是儿童的一种天然的需要，便顺应这个要求供给他们整理的适用的材料，能够收到更好的效果。其三是文艺的，"晓得俗歌里有许多可以供我们取法的风格与方法"，把那些特别有文学意味的"风诗"选录出来，"供大家的赏玩，供诗人的吟咏取材"。这三派的观点尽有不同，方法也迥异，——前者是全收的，后二者是选择的，——但是各有用处，又都凭了清明的理性及深厚的趣味去主持评判，所以一样的可以信赖尊重的。

上边所说的三派，都是现代对于童谣的态度，但在古时却有一派的极有势力的意见，那便是五行志派。《左传》庄五年杜注云，"童龀之子，未有念虑之感，而会成嬉戏之言，似或有冯者。其言或中或否，博览之士，能惧思之人，兼而志之，以为鉴戒，以为将来之验，有益于世教。"《晋书·天文志》又云，"凡五星盈缩失位，其星降于地为人。荧惑降为童儿，歌谣游戏，吉凶之应随其众告。"这两节话，可以总括这派学说的精义。虽然因为可"以为鉴戒"的缘故，有好些歌谣得以侥幸的保存在史书里，但在现代，其理论之不合原是很了然的了。我在一九一三年所作的《儿歌之研究》里，曾有一节说及这个问题，"占验之童谣实亦儿歌一种，但其属词兴咏，皆在一时事实，而非自然流露，泛咏物情，学者称之曰历史的儿歌。日本中根淑著《歌谣字数考》，于子守歌以外别立童谣一项，其释曰，'……其歌皆咏当时事实，寄兴他物，隐晦其词，后世之人，鲜能会解。故童谣云者，殆当世有心人之作，流行于世，驯至为童子所歌者耳。'中国童谣，当亦如是。儿歌起源约有二端，或其歌词为儿童所自造，或本大人所作而儿童歌之者。若古之童谣，即属于后者，以其有关史实，故得附传至于今日，不与寻常之歌同就湮没也。"

童谣并不是荧惑星所编，教给儿童唱的，这件极简单的事，本来也不值得反复申说！但是我看见一九二二年出版的《童谣大观》

里还说着五行志一派的话，所以不禁又想起来了。该书的编辑概要里说，"童谣随便从儿童嘴里唱出，自然能够应着气运；所以古来大事变，往往先有一种奇怪的童谣，起始大家莫名其妙，后来方才知道事有先机，竟被他说着了。这不是儿童先见之明，实在是一时间跟着气运走的东西。现在把近时的各地童谣录出，有识见的人也许看得出几分将来的国运，到底是怎样？"在篇末又引了明末"朱家面，李家磨"的童谣来作例证，说"后来都一一应了"。这样的解说，不能不算是奇事怪事。什么是先机？什么是一时间跟着气运走的东西？真是莫名其妙。虽然不曾明说有荧惑星来口授，但也确已说出"似或有冯者"一类的意思，而且足"以为将来之验"了。在杜预注《左传》还不妨这样说，现代童谣集的序文里，便决不应有；《推背图》《烧饼歌》和"断梦秘书"之类，未尝不堆在店头，但那只应归入"占卜奇书类"中，却不能说是"新时代儿童游戏之一"了。

我对于《童谣大观》第一表示不满的，便是这五行志派的意见，因为这不但不能正当理解儿歌的价值，而且更要引老实的读者入于邪道。

二

《童谣大观》中共收各县歌谣四百余首，谜语六十五则。所录四十县排列无序，又各县之歌亦多随便抄撮，了无组织，如浙江一二县既已前出，而象山永康复见卷末，象山的六首又尽是占日月风雨者，这都是编辑粗疏的地方，（篇中北方歌谣极少，只是囿于见闻，还不足为病，）但是总可算作歌谣的一种长编，足以供我们的参考。

不过这里有一个疑问，便是这里边所收的歌词，是否都可信赖。别处的我不知道，只就绍兴一县的来检查一下罢，《大观》中所收二十篇内，除《狸》《客人》及《曹阿狗》三首外，其余均见范啸风所辑的《越谚》中，注解和用字也都仍范氏之旧。范氏辑此书时，在光绪初年，买圆糖炒豆招集邻近小儿，请他们唱歌给他听，所以他所录的五十几首都是可信的儿歌，虽然他所用的奇字未免有穿凿的地方。《曹阿狗》和《客人》未见著录，《客人》当系"喜鹊叫，媒人到"的一种变体。我所搜集的儿歌中有这一章，与《曹阿狗》同属于"火萤虫夜夜红"一系者。

爹杀猪吊酒，

娘上绷落绣。

买得个溇，

上种红菱下种藕，

四边插杨柳，

杨柳底下种葱韭。

末三句二本几乎相同，所以这或者可以说是《曹阿狗》的一种略本，但在艺术上却更占优胜了。

《狸》这一篇并不是现代绍兴的儿歌。原文如下：

狸狸斑斑，跳过南山；

南山北斗，猎回界口，

界口北面，二十弓箭！

据《古谣谚》引此歌并《静志居诗话》中文云，"此余童稚日偕闾巷小儿联臂踏足而歌者，不详何义，亦未有验。"又《古今风谣》载元至正中燕京童谣云，

脚驴斑斑，脚踏南山。

南山北斗，养活家狗。

家狗磨面，三十弓箭。

可知此歌自北而南，由元至清，尚在流行，但形式逐渐不同了。绍兴现在的确有这样的一首歌，不过文句大有变更，不说"狸狸斑斑"了。《儿歌之研究》中说，"越中小儿列坐，一人独立作歌，

轮数至末字，中者即起立代之。歌曰，

> 铁脚斑斑，斑过南山。
>
> 南山里曲，里曲弯弯。
>
> 新官上任，旧官请出。

此本决择歌（Counting-out rhyme），但已失其意而成为寻常游戏者。凡竞争游戏需一人为对手，即以歌决择，以末字所中者为定。其歌词率隐晦难喻，大抵趁韵而成。"所以把这一首"狸狸斑斑"当作现代绍兴的儿歌，实在是不妥当的。照上边所说的看来，他的材料未尝不可供我们参考之用，但是因为编辑很是粗疏，所以非先经过一番审慎的厘订，不能轻易采用。

此外关于印刷上，当然还有许多缺点，如抄写的疏忽，（在两页书上脱落了两处，）纸墨的恶劣，在有光纸的石印书原是必备的条件，或者可以不必说了。我所看了最不愉快的是那绣像式的插画，这不如没有倒还清爽些。说起这样插画的起源也很早了，许多小学教科书里都插着这样不中不西，毫无生气的傀儡画，还有许多的"教育画"也是如此。这真是好的美育哩！易卜生说，"全或无"。我对于中国的这些教育的插画也要说同样的话。

《绘图童谣大观》于我们或者不无用处，但是看了那样的纸墨图画，——即使没有那篇序文，总之也不是我们所愿放在儿童手里的一本插画的儿歌集。

（一九二三年三月）（《谈龙集》）